天鹅飞过

周烈夫 著

TIAN'E

FEIGUO DADI

大地

中国文史出版社

CHINA CULTURAL AND HISTORICAL PRESS

图书在版编目（ＣＩＰ）数据

天鹅飞过大地 / 周烈夫著. -- 北京 ：中国文史出版社，2019.12

ISBN 978-7-5205-1910-6

Ⅰ．①天… Ⅱ．①周… Ⅲ．①散文集－中国－当代 Ⅳ．①I267

中国版本图书馆 CIP 数据核字(2019)第 289164 号

责任编辑：全秋生

出版发行：中国文史出版社
地　　址：北京市海淀区西八里庄路 69 号　　邮编：100142
电　　话：010－81136602　　81136603　　81136606 （发行部）
传　　真：010－81136655
印　　装：廊坊市海涛印刷有限公司
经　　销：全国新华书店
开　　本：787×1092　　1/16
印　　张：15　　　字数：240 千字
版　　次：2020 年 4 月北京第 1 版
印　　次：2020 年 4 月第 1 次印刷
定　　价：58.00 元

灵魂的神庙（代序）

金　妹

　　烈夫的两幅大写意花鸟作品《大吉图》和《石榴》参加中国第二届海上丝绸之路艺术品邀请展暨广东保利二〇一八艺术品拍卖会，《大吉图》以三万四千五百元成交，《石榴》以六万九千元成交；一幅山水《秋染天山万里情》参加广东保利·2019艺术品拍卖会，以十一万元成交。通过保利这个平台实现市场价值，是对烈夫先生文学艺术长路的一个肯定！

　　新疆维吾尔自治区党委宣传部文改办主任张国领先生撰写的《惊鸿西域　逐梦楼兰》，以真挚的情感记录了烈夫先生卓立独行的性格特征和对文学艺术孜孜不倦地探索与追求！文学艺术作品归根到底还是作者心灵的外化，我们可以从中窥视烈夫先生文学艺术心性成长攀升的过程！

1

认识烈夫是很多年前的事了，那是因为在安徽黄山的一片度假区，一批北京画院的师生已经把那儿的文化艺术做得风生水起了！我们应烈夫之约，全国各地一批高校的美术老师一起过去采风。我在中国传媒大学任职他又曾毕业于中国传媒大学，这样一下就拉近了彼此之间的距离。徽派风格别墅群里，挂了烈夫先生几个系列的书画作品。

我们这个团队有好几位高校美术系的教授，看了烈夫的作品多少有点惊讶！他画的主要是大写意花鸟，那种雄浑华滋的气韵有一种让人荡气回肠的感觉，同时他的山水和书法也有相当修为。下午聚会沟通时才知道，他的主要创作在文学方面，除了长篇小说《红痣》《风浪》，他的散文、画论、画评也写得恣肆汪洋，波涛滚滚。不知是因为烈夫先生的人格魅力还是艺术才情，我把他的小说和能读到的其他作品全都精读了。掩卷长思：一个人在艺术上所达到的高度一定是这个人哲学上的思辨能力和深度决定的！

在《风浪》这部长篇小说里，他对中国当下官场人物所做的剖析，可以说惟妙惟肖，入木三分。一个人的价值，并不在于你的职位或露在外面的东西有多少，而在于你的人格重心和内在审美取向。读了他的《红痣》以后，你会震惊地发现，是他整个成长过程所经历的心

灵折磨和苦难以及在这个过程中激发出的坚韧和妙趣横
生的清欢,凝结沉淀了他日后文学艺术高度的内在基石。
湖南益阳的资水河畔,新疆天山以南的塔河岸边,在备
受凌辱的记忆里,在灵魂受损的碎声中,一颗心是如何
砥砺痛楚,一颗心如何舔平伤口。可以试想一下在这样
的心灵原野上萌发的生命之根、文学艺术之种,将会长
成一棵怎样的树,开出一朵怎样的花!所以他取得今天
这样的成绩也就再自然不过了!

　　他在北京画院研修的两年间,一边学画一边写了一
些画评、画论,与那些当红的美术理论家相比显得别具
一格,那种扑面而来的生命感,是对艺术真谛的最好诠
释。他所表达的艺术理想,就是一个大男人豪迈人生的
精神长歌。其实和烈夫交流你是感受不到他对人生社会
的怨忧或悲悯、诅咒或嘲弄的!也许他是一个性格多重
组合的人,他写了中国北派山水的领军人物师恩钊先生,
又写了中国大漠画派领军人物杨永家先生,为中国画坛
吹来了一股破万里浪的浩荡长风!所以雨果先生说:比
大海更广阔的是人的心灵!我还给烈夫先生建议过,随
中国高校美术史讲得很好的李佳老师把中外美术史梳理
一遍以后就写美术评论,若干年内你就能勇立潮头,摇
曳生辉。可是他没有采纳,而是又去了西部。

　　他的散文《太阳在上》就是一个行者的心灵翱翔。

师恩钊先生是这样评价的："烈夫挚友的散文，写得愈发精致了。从天上到凡间，从自然到超然，从宇宙到灵魂，信马由缰，洋洋洒洒，思绪和才情一发而不可收。拜读学习了。"散文《漫游在天鹅的故乡巴音郭楞》我感觉写的就是爱情永恒这个主题，在这个年代，那优美真挚的表述唤起了太多的人对爱情的至深渴望！各大门户网站争相转发。也有人说这是一篇旅游散文，是巴音郭楞文化旅游的集结号，从流量和关注度的角度这个观点是成立的。

黄山相遇之后，我们常在北京小聚。他住在东四环，而我也常邀他来我在宋庄的工作室做客。其实他对西画无论是理论还是实操都是很在行的。他总说梵高的向日葵也是大写意，画性情、画生命。

认识烈夫先生是首都师范大学美术老师古丽斯坦引荐的。她是新疆走出来的美女画家，三十多年前他们就在一起拍摄过丝绸之路上龟兹石窟的纪录片。这部纪录片当年就在中央电视台播出过，围绕石窟壁画、雕塑、建筑，讲的就是塔里木河域文化、西域文化、东西方多种文化交汇融合的故事。

那时候的烈夫也就二十多岁吧！我听烈夫回忆：当年在上海华东师大汪志杰教授的家中，他见到了当时在中央美院担任院长的靳尚谊先生。靳先生与汪教授是中央美院的同学，看完烈夫先生拍摄的纪录片《龟兹石窟》后，靳尚谊院长问："这个叶舟七十多岁了吧！" 那时候烈夫的笔名叫"叶舟"，烈夫回答："就是我！"接下来靳先生便问："烈夫你读了哪些书？这么年轻文字修炼到这个程度不容易！"烈夫出生在新疆天山以南阿克苏地区的乌什县。他在小说中这样写道："乌什县群山环抱，看不到遥远的地平线，一条毛绳式的小路伸向远方，向西而行，走着走着就不能再走了，眼前是界碑，脚下是国境线，对面就是吉尔吉斯斯坦。"

高中那一年，他读得最多的一本文学杂志就是《朝霞》，同时也把作文写成了小小说，班主任彭东生还在全班讲读了，也许那时候就是烈夫文学才情的最初萌芽吧！烈夫先生告诉我，那时候他已经意外获得了三卷本的《芥子园画谱》已经在临摹了。而他读托尔斯泰的《安娜·卡列尼娜》虽然不太理解安娜为什么要卧轨自杀，但依旧让他泪流满面。

有一次，我问了烈夫这样一个问题："为什么你的小说或艺术作品受女性读者推崇较多，特别是对女性心灵的潜意识和无意识描写，比女人还女人"。他给我回答的就是一部西方的哲学史，显而易见，他受叔本华、尼采的思想影响比较深，而最终打通心灵之门的是费罗伊德。找到了他思想和文学作品的哲学支撑点，再来看他的文字所纷披的瑰丽和华美也就比较好理解了！

对于东方哲学，他同样有自己的睿智和透悟。当学术界有人诟病徐悲鸿所创立的新中国美术教育体系时，烈夫先生认为：徐悲鸿在传统文化上所达到的高度，也不是一般人所能达到的，书法是最不能作假的一门艺术。是的，中国人应当把汉字写好，但又有几个研究中国传统文化的人，书法能超过徐悲鸿呢？况且还有他的马，可以说前无古人，后无来者，难道不是中国水墨吗？极有可能成为丰碑，覆盖我们中华民族的美术史。

对于老庄先秦两晋儒释道，烈夫先生娓娓道来，他最敬重的还是王阳明的"心即理，知行合一，致良知"。他说尼采哲学、毛泽东思想、鲁迅思想都有相通的地方！

我又问他："为什么把自己定位为行走在艺术边缘的人呢！"他说："中心也许会在北京以及各地的各种协会、学会、研究院、高校、画院等地方，就身份而言，我和这些中心基本没有关系，所以在边缘，而且从来都没有用什么家来定位过自己！也没有认为自己是个文化人，确切一点说是个农民，'再教育'的经历让我写了《红痣》，人和土地贴得近一点，比较接地气！"对烈夫小说的阅读，似乎能感受到当下社会有待改善的一些现象已经在侵扰中国文化的道德秩序，那么沉沦的道德，又靠什么来拯救呢！他的近期散文，不知是有意还是无意，正在思考这些问题。

　　有时候反过来，艺术的中心究竟在什么地方，北京形形色色的各种机构里集中了全国的文化艺术人才，这样理解也没有什么错。但文化艺术终归还是一个人的思想漫游。很难说王羲之、曹雪芹属于哪个机构或地域的，那些彪炳史册、高山仰止的人物无一例外。近两年，烈夫在研习山水画，一开始他临得很细，但又不失古拙和荒寒。中国艺术研究院院长韩子勇看了他的山水作品，认为优于他的花鸟。而他近期突然转向青绿山水，说有些王希孟、张大千的韵味也不为过。特别是那幅新近创作的《梦回楼兰》，虽然是写实的手法，但明显地带有梦幻色彩，感觉根本就触摸不到想象的边界，就是散文《太阳在上》的绘画版。

　　如果有一天，烈夫先生画人物了，我会觉得一点不奇怪，也许他曾经画过。但他告诉我："人活一辈子，归根到底还是个人字！你从哪里来，你要干什么，你到哪里去，一定要想清楚。以人性的视角关注着社会的斗转星移。我想我还会写一百万字三卷本的长篇小说，给自己一辈子一个交代。湖南鬼才黄永玉都九十多了，还在写自己的少年时代！"说到烈夫这个人在艺术方面，他对音乐同样有很深造诣，他曾经把小提琴拉到独奏曲《新疆之春》，而在书法方面不仅行书、隶书也写得遒劲而老道。小说《红痣》的影视剧改编，在北京有一批批影视人围着他转，而她爱人马晓瑾说一定要拍出格调和品质，不要轻易动。我相信在中国文学艺术的这片丛林里，一定会有烈夫先生徐徐吹来的风，站在高高的枝头观赏人生，该是一件多么惬意的事情呀！

文章到这儿似乎就可以搁笔了，忽然想到还没有题目。用他自己的话说，一切艺术形式都是相通的，都是心灵的外化！那就用他长篇小说《风浪》的序言标题作为本文的题目吧！好一座"灵魂的神庙"。

（作者系中国传媒大学教授、博士生导师）

目　录

上　篇

文旅散文

　　新时代、新动能、新超越。塔里木三十年创新突破,适逢改革春风劲吹。新形势、新环境、新挑战。党的十八大以来,我国改革进入深水区和攻坚期。面对新问题,塔里木油田加大改革力度,向油田三千万吨发展的难点攻坚、重点突进。

残阳融晚
生 如下 生 白
生 为 送 得 人 云
人 生 阳 此 生

美丽的巴音郭楞，
新时代雄浑的浪漫交响

一

　　在中华人民共和国的版图上，巴音郭楞蒙古自治州因为面积最大而被称为华夏第一州。所辖的一个且末县就把塔克拉玛干沙漠的相当一部分裹挟进去了，而南面的若羌县本身就是全国面积最大的县，随便拎出一个罗布泊，面积也比一个江苏省要大许多。一个巴音布鲁克大草原就有二点五万平方公里，镶嵌在里面的天鹅湖湿地，在全世界闻名遐迩。

　　遥望天山，白云咬着雪冠起伏盘亘；仰止昆仑，雄鹰飞过山坳云蒸霞蔚。野兽成群出没的阿尔金山，一边躺卧着碧波如洗的博斯腾湖，一边陪睡着心驰神往的青海湖。丝绸之路上，驼队马帮踟蹰而行，世界上最古老的文明都来这里汇聚。烽火台狼烟，直立云霄轻轻飘散，那些金戈铁马的征战已化作尘埃。塔克拉玛干沙漠边缘的万顷胡杨，就像一条金色项链，把巴州的山河大地装扮得像一位多情的少女。

如此之自然构架，揭开她神秘的面纱，随便一角也无与伦比，令你心荡神摇。

高山与大河呼应，绿洲与戈壁交接，辽阔的草原上牛羊成群，湛蓝的湖面碧波荡漾。我们走过千山万水，在哪里能看到如此奇妙与壮丽的景象。只有在这样的自然之中凝神屏气，思接千载，视通万里，咏叹的自然是万丈豪情！书写的一定是不朽雄文。你看看历史上那些瑰丽的诗篇，有多少都来自这片超常稳态的瑰丽山河。

巴音郭楞独特的地理环境和气候条件孕育了神奇的自然景观，更有那壮怀激烈的历史被人津津乐道，中华民族在经略西域的历史长河中，一方面以"醉卧沙场君莫笑、古来征战几人还"的英雄气概谱写了流芳百世的雄浑交响，同时又把中华文明海纳百川包容万物的优秀传统不断升华，从而使之根深叶茂，生机勃发，不断创造和引领文明跨入新境界。

从张骞开通西域到班超确保丝路安全畅通；从马可·波罗涉足罗布泊沙漠到斯文·赫定发现楼兰遗址；从土尔扈特东归到人民解放军进疆屯垦；从马兰人创建

的丰功伟绩到塔里木石油会战结出的累累硕果；从古至今生活在巴音郭楞这块热土上的各族人民在长期的历史发展过程中形成了多姿多彩、浓郁古朴的民俗民风。所有这一切，都从不同层面展现着巴音郭楞的人文精髓。

二

巴州历史深邃而古老，文化底蕴悠久而丰厚。世界上发源最古老的几种文明曾在这里交汇，人们在反躬自问从哪里来的时候，稍有一些历史深度的人，就会把目光伸向这片古老的土地。

这里曾是西汉西域都护府的所在地，西域三十六国有十一国在巴州境内。这里曾飘扬过张骞的旌旗，驰骋过班超的战马，留下过唐玄奘的足迹，唐朝的那些边塞诗人大都与巴州有关联。繁荣兴盛了数千年的"丝绸之路"至今令人遐思无限。闻名中外的蒙古族土尔扈特部东归壮举，在我国民族关系史上谱写了可歌可泣的壮丽篇章。一九五四年六月二十三日，国务院批准成立巴音郭楞蒙古自治州。从此，在中国共产党的领导下，美丽的巴音郭楞迎来了新的发展时期，开创了历史的新纪元。

巴州的历史就是新瓶装老酒，州成立的时间不长，但这方水土的历史沉淀深厚而悠久。一个被现代人称为死亡之海的楼兰，消逝已经一千六百年了，但依旧吸引着世界的目光。楼兰是一张世界名片，这是为什么呢？中华文明的先进性和容纳性使然，世界各地的学者、诗人、历史学家、地理学家、旅行家、冒险家、文学家在这里交相辉映，好比几个肤色不同、种族不同的小孩在这里玩耍，留下了人类早期活动的童年记忆。就像世界上众多的大作家，都把童年记忆作为一生中最美好的岁月加以描写。世界各地从古至今写楼兰的书就有一千多种，试想一下这个容量有多大吧！一部中华民族的历史，楼兰也就成了中华民族爱国主义理想的精神符号或象征。

发生在古老焉耆盆地的故事也是惊心动魄而令人神往的，玄奘、法显和李白这些人和焉耆有着千丝万缕的联系。在焉耆出土的吐火罗文《弥勒会见记》是一个了不起的发现，它既是一部佛经，也是一部文学作品。一方面弥补了印度戏剧史和中亚佛教传播史上的一个空白，另一方面又对中国戏剧史的研究做出了重大贡献。

焉耆的地域曾经非常辽阔，历史的变迁让其版图虽然变小，而自汉代以后一直使用至今的名字也就焉耆了，我在国家博物馆就亲眼看到焉耆七个星佛寺出土的文物成为国宝在那儿永久展出。

巴州有渥巴锡众多雕像，高耸在城市乡村的显要位置上，让人们时刻记住东归英雄如鸿雁南飞的壮举。巴州还有勤劳勇敢的土尔扈特和和硕特民族兄弟，如今仍赶着成群的牛羊，弹着欢快的托布秀尔，歌唱美好幸福的新生活。

苦难深重的土尔扈特人民热切盼望早日摆脱沙皇的统治，在民族生死存亡之际，年轻勇敢的渥巴锡审时度势，决心率领全民族人民起义抗俄，回归祖国。在前有各部落人马堵截、后有俄军穷追不舍的严峻考验下，渥巴锡率领了十七万土尔扈特同胞，长途跋涉，历经种种磨难，终于回到了祖国的怀抱。

清朝皇帝热烈欢迎自己的儿女回归祖国，在承德避暑山庄接见了土尔扈特部，并把现在的巴州一带封给了这个蒙古族部落做领地，从此蒙古族同胞在这块美丽的土地上辛勤劳动，繁衍生息，新中国成立后，中央政府尊重历史，在巴州建立了蒙古族自治州。

十几个世纪以后，闻名世界的历史学家汤因比还说："如果生命有第二次，我愿意生活在塔里木河流域，因为多种古代文明在那里交汇。"丝绸之路的文明交汇和商品流通诱惑太大了，无论是印度文明、波斯文明、巴比伦文明、阿拉伯文明、希腊文明、罗马文明等等，怀揣不约而同的渴望，都把自己的边界和别人的边界粘连在一起，演绎出色彩斑斓、生机勃勃的独特风景。因为都来到了一个辽阔而遥远的地方，人烟也特别稀缺，自然就萌发了心理和精神上的宽容,伟大的文明在这里诞生。这种包容并蓄把历史绵延到了今天,依旧根深叶茂、历久弥新,散发着迷人的芬芳。

三

巴州党委政府所在的库尔勒市被誉为时尚之城,当然也是一座香梨之城、石油之城、水韵之城。

各种曼妙的风景在这座城市得到最新潮地呈现,你在北京、上海等一线城市所看到的流行色、服饰、发式等,在库尔勒的大街小巷很快就可以看到。少数民族传统的现代演绎,复古主义的回流盛行,欧陆风情的缤纷盼顾,绘成了一幅神采飞扬的迷人风景,让你在这座城市回眸一笑,便把瞬间的美丽化为心中永恒的记忆。

库尔勒盛产香梨,素有"梨城"的美誉。库尔勒香梨皮薄肉细、清甜多汁、吃而无渣、入口消融,是我国梨品中的精品。库尔勒香梨栽培历史悠久,根据晋代吴钧所著的《西京杂记》说:"瀚海梨,出瀚海北,耐寒而不枯。"照这样推算,库尔勒香梨已经有一千四百年的历史了。

如果从品牌影响力来看巴州,在楼兰之后可能就要数库尔勒香梨了。对中国人来说,吃这个东西太重要了,很难想象在一个有高端水果的族群中缺位库尔勒香梨。也就是说人们必需的各色水果，库尔勒香梨就是金字塔顶尖上的那颗明珠，一种高品位生活的象征。

库尔勒香梨皮薄肉细、汁多味甜、酥脆爽口，晋代《西京杂记》记载："瀚海梨，出瀚海北，耐寒不枯。"一九二四年法国万国博览会一千四百三十多种梨子选美，只因个头稍小，后于法国白梨屈居银奖，如今的库尔勒香梨已成为巴州闯世界的一张经典名片。

忽如一夜春风来，千树万树梨花开。每年春天，以库尔勒为中心，巴州全境梨花盛开，蝴蝶翩翩，人们都说那就是塔依尔和卓赫拉变的，这是一个维吾尔族式的"梁山伯与祝英台"故事。这些自然人文景观是历史留给后人的珍贵礼物，在库尔勒像这样富有诗情画意的地方还有很多很多。

库尔勒市中心，一条银色的玉带穿起三条河，飘过鳞次栉比的高楼群落，满城的梨花炫耀着这座城的无限春光，那目不暇接的姹紫嫣红呀！就是天女下凡也会被这迷人的胜景所魅惑。

三河的源头在冰峰雪岭的天山之巅，雪山融水、滴滴汇聚，流成小溪、汇成大河，流过巴音布鲁克草原，造成了大片湿地，聚成了天鹅湖，给了天鹅一个家。再往下流，汇成了闻名遐迩的博斯腾湖，从焉耆故地流过，最后流进了现代繁华时尚之城库尔勒。

孔雀河、天鹅河、杜鹃河，三河相通，一样的川流不息，不一样的河畔风景。先说三馆三中心：文化馆、美术馆、图书馆，库尔勒旅游中心、不动产中心、行政中心。建筑就是这座城市凝固的音乐，形制各异的独特造型，视觉对比强烈的色调，凝聚了非凡的审美价值。

牡丹、芍药、荷花、梨花、杏红、火炬、连翘，花团锦簇收不尽，西北望、夜色风轻凭栏觅，喷泉漫天，彩虹飞跃堪登月。古树、劲松、石桥、吊桥、拱桥、铁索桥，游人如织，妍歌曼舞碧相宜。谁见过，墨韵柔情柳垂堤，凝眸静想，思接千载，别有深情入梦来。

四

人性，在旷野大漠中得到释放，自思和体验的这个过程就是人生。友情，在绿洲夕阳下得以延伸，灵魂的神庙总是需要情感来眷顾。为什么总是要到西部去建功立业，多少感人故事在千里塞外发生。我喜欢江南雨，更爱大漠风，在我们民族的编年史上，多少仁人志士总是把自己可贵的年华抛洒在这一方雄性辽远的热土上，以自己的壮怀激烈筑起了中华民族的精神长城。

多少金戈铁马的狼烟故事，锤炼出了中华儿女超越生命的英雄本色，又有多少文人墨客创造出了以边塞诗为代表的精神高度。中华民族历史上的汉唐气象，离不开西域文明的支撑。而共和国进入新时代，这片恢宏的热土又将成全多少中华儿女的英雄梦。"一带一路"像一条金色的丝带，把理想铺展到了世界各地，中华文明将又一次焕发出勃然生机，在包容共享、海纳百川的梦寐里把中国智慧写入人类文明进步的编年史。

沿着当年张骞、玄奘走过的漫漫长路，一次次抵达，一次次流连。一曲羌笛、几声胡笳，不由得步履雄健、心旷神怡。就算是古代文明的踪迹已经消失得无影无踪的地方，我们也会追忆她曾经有过的繁花似锦。就是对历史的反刍和对文化的眷顾，使中华文明成为人类所有古文明中唯一没有中断、没有湮灭的佼佼者。

巴州这片山河大地，你是步行还是开车或是从空中飞，俯瞰还是在深谷向天仰望，每一寸空间都在永恒地证明着我们的未来会有更伟大的文明成果在这里诞生。这种自信和爱与同情总是在历史的波澜起伏中汇成更沉厚和高贵的力量，使根基更加坚实，枝叶更加茂盛。

巴州有世界上最迷人的湿地和草原，天鹅这个物种对环境的要求是非常苛刻的，而在巴州，天鹅的繁衍生息已呈燎原之势，以巴音布鲁克草原天鹅湖为中心向四周辐射，库尔勒市以及遥远的若羌不仅有天鹅在这儿季节性生活，而且和当地民众和谐共处在这里越冬。

人们活在这个小小星球，每个人其实都在寻找生活的意义，一个有感知力的人就从天鹅身上悟到了永恒的、高于生命的爱情。所以有人把巴州称为天鹅之州、爱情之州。也许这就是人类生存的本能吧！在有限的生命中尽量把丈量土地的脚步迈开，你抵达的地方有多少，你的世界就有多大。

汹涌澎湃的博斯腾湖和沉寂亿万年的戈壁沙漠，无尽的恐惧与寂寥，我们以怎样的心情来面对呢！一个人的认知，总是在撕裂中前行，沙漠与绿洲、理想与现实、精神与物质，这中间的两极摆宕也就成了人类精神理所当然的担当，前方一直有伟大生命在轰响。

五

巴音郭楞，相对内地还嫌遥远，就旅游而言，增值服务、满足个性需求方面还较薄弱。如果旅游产品没有唯一性、排他性和独特性，不能满足极致体验的冲动，要实际成行还是有困难的。过于丰富的旅游资源散落在过于辽阔的地域，旅途的奔袭和劳顿多少也会销蚀某些人出行的冲动与决心。

近些年，东南沿海和内地，旅游业像潮水一样翻涌，赚钱也只是分分秒秒的事。相对巴州的旅游资源和热情还处在一个成长极，但我感觉世界范围内的旅游大势已经在向新疆和巴州倾斜。全域旅游方兴未艾，乡村度假初潮兴起，探险旅游蔚然壮观，科技旅游成为时尚。巴州民航优势明显，辽阔的大地更是一个适合低空飞行旅游的好地方，几大通用航空公司也在巴州做飞行落地的前期工作。吃、住、行、游、购、娱，巴州朋友准备好了吗？我们把一种什么样的生活方式立体地呈现给八方宾客。

在全国旅游资源基本类型中，巴州拥有五十三种，占全国旅游资源基本类型总量的百分之七十一，占新疆旅游资源基本类型的百分之八十五。湖泊、大漠、草原、高山、冰峰以及众多的历史文物遗址形成了一个硕大无比的旅游资源格局，无论是旅游还是投资，任何人到这里来打一口深井都会收获许多。辽阔的地域、山体落差的悬殊、大自然的恩赐，加上人类历史的钟爱，形成了巴音郭楞博大、神奇、独特、多元的自然与人文旅游景观，成为旅游观光和财富西涌的圣地。

这里是天鹅故乡、骏马天堂。巴州有巩乃斯林场，保护和生息着一百一十七万亩天然林木和草场，雪岭云杉参天蔽日，巩乃斯河汹涌奔流，是高山翠珠，天然氧吧。巴州的金沙滩，数十公里的金色沙滩与蔚蓝的博斯腾湖水衣带相连，柔美入骨，是沙海中的仙境瑶池。中国最大的野生睡莲生长区，湖上的万顷芦苇又是文化产业独一无二的资源。巴州有铁门关，扼孔雀河上游陡峭峡谷的出口，襟山带河，曾是南北疆交通的天险要冲，古代"丝绸之路"的中道咽喉，也是汉长城的西部关塞。

放眼巴音郭楞辽阔的版图，给人的第一印象便是一望无际的沙漠。塔克拉玛干大沙漠是仅次于非洲撒哈拉大沙漠的世界第二大沙漠，沙漠腹地沙丘类型复杂多样，远远眺望宛若栖息在大地上的条条巨龙，旺盛的蒸发使地表景物飘忽不定，这时候常会出现海市蜃楼的幻景。高科技旅游和沙漠旅游相结合，又何尝不是现代人所追逐的个性体验呢！

巴音郭楞蒙古自治州是一片广袤多姿的土地，如果不是亲临其境，很难想象这片大地上的自然景观差异竟然如此巨大。塔里木河似脱缰野马奔流两千一百多公里，与咆哮的开都河、碧绿宁静的孔雀河一起哺育着巴州辽阔的大地。天山林海葱郁苍翠，逶迤多姿，铁门关、天山石林、沙漠公路又会让你领略一番不一样的沿途风景。

在塔里木河流域生长着占我国百分之九十以上的胡杨，当然这里的胡杨是目前世界最古老、面积最大，保存最完整、最原始的原始胡杨林群落。每次当我走进那些经历无数岁月洗礼的胡杨树林，凝神观望，驻足思索，内心常会涌起一种天人合一、精神不朽的久违了的英雄情结。

14

六

讲了巴州的山河大地,也就要说说巴州的地下蕴藏。这里是塔里木石油勘探开发的主战场,是西部大开发标志性工程——西气东输的起点。全州已探明蛭石、石棉、红柱石、钾盐等七十四种矿产。是中国最大的钾盐基地、最大的蛭石产区、最大的红柱石产区,塔里木油田油气当量是我国第一大天然气产区。

巴州隆起黑海洋,千里戈壁起新城。一九八九年四月十日,来自五湖四海的中华儿女汇聚巴州,剑指黄沙,吹响石油工业二十世纪最后一场会战的号角。从此以后,工业文明在无垠大漠形成燎原之势,也给巴州带来了无限生机。

三十年贡献油气三点六亿吨,累计向西气东输管网供气超两千二百亿立方米。三十而立,大时代呼唤大担当,大担当抒写大篇章。起于"稳定东部、发展西部"能源战略,兴于"西部大开发"国家战略,塔里木石油会战秉承石油工业优良传统,高唱石油壮歌,突出资源战略,努力找油找气,力保国家能源安全。

尤其是刚刚过去的二〇一八年,沉寂的秋里塔格迎来"涅槃时刻",飞出"火凤凰"。十二月十二日,一团

15

红色的火焰在秋里塔格山中腾空而起，划开了南天山冬日的冷寂，中秋一井获高产工业气流。科技是唤醒"沉睡蓝金"的密钥。二〇一八年十月三十日，中国石油陆上新的"深井王"诞生，克深二十一井用时三百六十五天钻至八千〇九十八米完钻，一项钻井深度纪录载入塔里木史册。"这是技术创新的力量"。通过综合施策，塔里木人将井深纪录一破再破。截至目前，已成功钻探七千米以上的深井超深井超过一百口，六口超过八千米的"地下珠峰"。

向地下钻探！砥砺前行！会战三十年来，每一次攻坚，都体现意志的坚忍；每一次突破，都见证技术的助攻。

新时代、新动能、新超越。塔里木三十年创新突破，适逢改革春风劲吹。新形势、新环境、新挑战。党的十八大以来，我国改革进入深水区和攻坚期。面对新问题，塔里木油田加大改革力度，向油田三千万吨发展的难点攻坚、重点突进。

创新，作为塔里木第一动力，成就了塔里木的过去。未来，它依然动力强劲，将为塔里木铸造更大辉煌。

二十世纪八十年代的库尔勒只是天山脚下一座不为人知的偏远小城。一九八九年塔里木石油会战从这里打响后，拉动经济、产业升级、立体扶贫……库尔勒市一跃成为全国文明城市。十万多人的农业城市变成近百万居民的石油新城。来自塔里木盆地油气开发的迅速崛起，不仅催生了库尔勒市一城秀色，而且惠及巴州和南疆的各族百姓。

如今，在国家级库尔勒经济技术开发区，派特罗尔、安东石油、格瑞迪斯、天成西域等四十四家企业如雨后春笋般成长起来。在二〇一八年新公布的全国综合实力百强县名单上，库尔勒市位列第四十三位，成为西北地区唯一连年上榜的城市。

历史如江河奔涌，岁月如星辰轮转。回首一九八九年，浪卷千堆，多少青葱儿郎已是两鬓霜花；斗转星移，油田第二代已经挥斥方遒。这就是石油工人几十年来献了青春献终身，献了终身献子孙的真实写照。三十年来，巴州与塔里木油田就像大鹏的双翼，一日同风起，扶摇直上几万里。滚滚能源夯实国家的经济基础，确保人民生活安宁，由此而形成的强大合力，反哺巴州在祖国新时代的奋进中再绘蓝图，谱写新的时代篇章。

展望未来，随着塔里木乙烷制乙烯项目的奠基仪式举行，巴州与塔里木油田深度拓展油地共建和产业合作模式迈出了坚实的一步。试想一下，巴州有这样的经济新动能，文明的升华和腾飞还会远吗？一定会奏出新时代更加雄浑的浪漫交响！

楼兰，一个中华烟云的梦

一

历史是山河铸造的，如果没有山河，也就没有人的存在，何谈人类历史！人是自然之子，人类是大地母亲最强有力和最不可思议的孩子。

新疆巴音郭楞蒙古自治州是新中国成立以后设置的、全国面积最大的一个州。从地理意义上说楼兰的前世今生发生在这片土地上。反过来说，消逝千年的楼兰古国就在我们今天巴州的一片荒凉沉寂的土地上！

曾经绿林环绕的古楼兰留下了太多让人探寻和着迷的记忆。二十世纪初始，斯文·赫定和奥尔德克重新发现了楼兰，世界一片惊呼，这个已经消逝了千百年的绿洲城邦在世界范围内唤起了人们追寻人类文明史上古老的记忆。

二

　　三十多年前，那时候地州一级电视台正在创办，自制节目刚刚兴起。我和纪林、曹玲等几个年轻人扛着一台摄像机，就在现在的库车、拜城县一带的山河大地之间辗转踟蹰，逶迤而行！拍出了后来在中央电视台播出的纪录片《龟兹石窟》。回过头来看纯属无知者无畏，也就是这一时期接触到了"楼兰"这个相当曼妙而神往的名字。几十年间，楼兰这个名字各种媒体的出镜率还是相当高的，尤其是楼兰美女各种艺术形式的当下演绎。其实我的故乡就是楼兰再往西去一些，但是要目睹楼兰的尊容还真不是一件容易的事。一是路途过于遥远，距离原本就很偏远的若羌县还有三百多公里的路。再就是要通过军事禁区，手续的报批也很麻烦，又没有现成的公路，一旦迷路接下来的惶恐也就可想而知了。还一点就是这里已经是一条没有生命迹象的死亡地带，试想一下，我国第一颗原子弹就是在这儿爆炸的。

　　三十多年后，新疆人民出版社约我写一本书，其中一个原因就是我曾出版过两部长篇小说《风浪》和《红痣》，都与天山南麓塔里木河流域的文化有一定关系！出版社希望最好和新中国成立七十周年关联起来。基于一种本能，脑海里闪现出的映像就是楼兰。因为这个题目太有魅惑力、太有挑战性了。当我真正试图揭开楼兰神秘面纱的时候，感觉到要写好这篇文章实在不是一件容易的事，关于楼兰的书籍就有上千种，绝大部分人一辈子也是读不完的。我又不是学历史、研究历史的，但是初心放在那儿，也没有办法和能力来改变。也就做了一件力不从心的事。

三

楼兰这个名字上下五千年、纵横几万里。百转千回的往昔，金戈铁马的云烟，亦真亦幻的传说，绵延不绝的丝路。剪不断、理还乱的恩怨情仇！抒不尽、志愈坚的楼兰壮志！从文化的意义上，从历史走到今天，楼兰对任何人，都是一个巨大的诱惑！

二十世纪七十年代美国第一颗地球资源卫星在中国西部一片枯死的雅丹地貌中第一次以如此宏伟而又高清的视角发现了一只大耳朵。长约六十公里，宽有三十公里，明暗相间的半环状线条，一圈一圈地向中心收拢，形状就像"地球之耳"，它就是史书上记载的罗布泊。是罗布泊的水域滋养了楼兰，罗布泊的干涸也就造成了楼兰的消失！

关于楼兰的悬疑和猜想实在是太多了，而和罗布泊的这种关系，地理历史或考古探险家达成共识。就像现在的博斯腾湖，因为有了这个湖就有了博湖县。罗布泊，地处神奇亚欧大陆的内陆，面积最广阔的时候有一万平方公里。比现在中国最大的湖泊青海湖的两倍还要大。史记《汉书》中曾记载了罗布泊当年的盛况："广袤三百里，其水亭居，冬夏不增减"。

四

在新疆，有水的地方就有绿洲。罗布泊是塔里木盆地的最低洼处，天山、昆仑山、阿尔金山等的雪山融水以及从四周山脉中发育出来的河流纷纷向罗布泊奔涌而来，诸水汇流，形成了罗布泊。

由此而形成了鸟兽成群、水泽鱼肥的自然景观！一种比野生大熊猫还要稀少珍贵的野生双峰驼，也生活在这里。史书记载鸟类有一百五十一种，哺乳类三十三种，爬行类三十三种，鱼类十一种。

罗布泊的自然史可以上溯几万年，而有人类活动的痕迹和中华民族文化文明史的进程几乎在一条平行线上。当我们黄河文明发祥的时候，在罗布泊的西岸已经有楼兰人构建了令人叹为观止的绿洲文明。

在人类生存的这个星球上，百分之七十是无法饮用的海水，而在百分之三十的陆地上最大的板块就是亚欧大陆，罗布泊汇聚的不仅仅是江河湖水，世界上的古老文明，几乎也通过千万里的艰辛跋涉在绵长的丝绸之路上或轻吟或豪歌，或疾驰或缓行，在楼兰的名义下小憩、定居、繁衍、耕种，创造了异彩纷呈的楼兰文化。

后来的学者研究发现，那时候的楼兰作为东西文化的交流通道是一个"国际化"的都市，其东西融合兼容并包，颇似二十世纪香港之于中国的地位。

五

楼兰接纳过来自印度的佛教，建立起了巨大的佛塔，又把富有想象力的希腊艺术融进来，为神佛添置了天使的翅膀，也就是现藏于大英博物馆的被斯坦因盗走的"有翼天使"。我们现在在谈论希腊艺术的时候总是离不开戏剧中的酒神精神，而当时的楼兰人将希腊酒神宴饮场面巧妙地请进了佛教所禁忌的极乐世界。艺术之所以成为艺术，就是因为围绕人性情感的本能力量太强大，相较之下，宗教、国家、民族等并不能够阻隔人类情感以及源自情感之中的各种不同艺术样式的融合。有人说文化的力量最终会大于政治和军事的力量。为什么全世界对楼兰难以释怀，就是因为并行不悖、水乳交融的民族和文明在这里诞生、在这里交汇、在这里融合。楼兰美女固然能唤起整个世界的心旌摇动，但更深沉的动力是建立在人性之上的、高于生命的、闪耀着文明光辉的高贵！

六

丝绸之路上马蹄疾驰、驼铃悠悠，承载的有达官贵人，自然也有商人学者，有文化艺术的繁荣，自然也会有美女的川流不息！

楼兰盛产美女，西域的王公贵族喜欢娶楼兰美女为妻。在出土的汉简中多有题记，也有多次嫁入中原的记录。蔚蓝的湖泊沉静而安详，塔里木河蜿蜒而来，楼兰人划着舟楫，哼着迷人的渔歌，期待着岸边的牧羊女像一片天边的云彩，驾着长风，吹着芦笛，扑面而来！

二十世纪八十年代，一片墓地中，楼兰美女横空面世。体肤指甲保存完好，一张瘦削的脸庞，尖尖的鼻子和深陷的眼眶，褐色的头发披肩，身裹毛线织毯，下摆羊皮、脚穿毛质靴子，头戴毡帽，帽子上还插了两支雁翎，被世人称为"楼兰美女"。传说这位楼兰新娘沉睡的时间比楼兰有文字记载的历史还要长。这些美轮美奂的故事，就是因为她有太精彩的过去！人也一样，现在的高度是你的过去累积起来的。

文化的融合自然会带来种族的融合。二〇〇四年出土的小河公主，就是东方人和西方人生下的"混血儿"，我见过小河公主的复原图，身材修长，毡帽皮靴以及各种细节装饰，无不尽显"时尚"之感，脉脉含情的眼神配上弯曲高挑的睫毛，令人心荡神摇，高挺的鼻梁和小巧的鼻翼，白皙透明的脸颊上纷披着栗色的毛发，完全可以和世界上任何年代任何国家的美女相媲美！

"羌笛何须怨杨柳，春风不度玉门关"。王之涣的这首诗，让人知道了幽怨的羌笛，但在楼兰，人们发现了存世最早的是"羌女情书"。楼兰本是典型的"羌人"聚居地。羌女也可以理解为当地的楼兰美女。这位叫马羌的女孩写的这封没有发出的情书，是一九〇一年斯坦因在楼兰古城中心遗址三间房发现的，虽然不足百字，但其中蕴含的情感和想象力，足可容山盟海誓、柔肠寸断之无限情思。

丝绸之路三千里，楼兰文化近万年。楼兰古城，曾经见证了丝路的繁华。千载而下，繁华不再，但情书凝结的审美价值，使我们倍加珍视。相信这封存世最早、历尽沧桑的情书，在新时代中华民族的家国情怀传承中历久弥新，启示我们在反哺古人挚诚情感的过程中活出一个更加丰裕的自我！

楼兰是我们最古老的情感家园，作为中华文化的一部分，更是每个人心中的故乡。每个人都有自己心中的楼兰，就像每个人都有自己心中的哈姆雷特一样，文明的更替或者超越，情感的卓然或者交融，总是以人性中至深的善恶为前提的。人与人之间有了心与心的约定，生命与生命的交相辉映，由此而孕育的精神情感乐章，就会释放出永恒不灭的人性光辉。

七

杨利伟在宇宙飞船上看到的万里长城，只不过是明长城而已。我们在谈论中华文明的时候，总是把长江长城、黄山黄河作为中华文明的主体在谈，其实在汉代，长城就修到了罗布泊楼兰这一带。

说起楼兰的历史，从最初的罗布泊岸边吐火罗人聚水而居、楼兰始创到这一绿洲北魏时期的最终消失，也就几百年时间。而在她消失的千百年里，世界各地的政客、商人、学者、旅行家、基督徒、僧侣的目光总是如影相随。就是在那些漫长的、波澜不惊的日子里，人们总是在有意无意地期待从楼兰的精神家园里传来喜出望外或者惊心动魄的声音！

一个把人生道路铺展得很宽广的人，一定会把目光转向苍茫西部。楼兰消失一百多年以后建立了唐朝，这个朝代的诗人只要赋诗楼兰,他的诗名就能流芳百世。盛世大唐是一个把人的精神高度看得高于一切的时代,这种高贵的文明,辉映中国乃至世界文明史。中华民族的编年史谁也不会忽视唐朝。

我们可以想象一下盛唐气象,一大批代表时代精神、反映时代风貌的诗人群体演绎了盛唐的光彩熠熠,群星璀璨气象。尤其是边塞诗,描绘了壮阔深远的意境,把一个时代的人生境界提到了前所未有的高度。在中国的诗歌丛林,如果缺少了边塞诗,面貌将会怎么样!边塞诗是唐诗中思想性最深刻、想象力最丰富、艺术性最强的一部分。是我们这个民族的雄性基因,即便是文人也要去西部建功立业。他们的人生画卷总是在一片更宏大、更辽远的背景上展开。盛唐时期边塞诗人王昌龄就是这个群体的领军人物,他那首脍炙人口的代表作《从军行》"青海长云暗雪山,孤城遥望玉门关,黄沙百战穿金甲,不破楼兰终不还"。金甲尽管磨穿,报国的壮志并没有销蚀。深沉的誓言奠定了他在中国诗坛七绝圣手的地位。在七绝上能与他比肩的可能也只有唐朝的李白了。王昌龄生活的那个年代地理版图上压根儿就没有一个叫楼兰的地方。楼兰,作为一个古国,始建于汉文帝四年,也就是公元前一七六年到公元四五五年,被百威兼并楼兰消失一百多年以后才有了大唐,那么到了大唐盛世,为什么王昌龄还要跑到西域去斩楼兰呢？据说他出生比较卑微，到了四十岁才考取了一个进士，后因禀性耿介，不愿苟媚取容而获罪被贬岭南。他一生中两次被贬，身心饱受煎熬的岁月不但没有扭曲消解他，反而成就了他人性的高昂和独立。他的足迹到过楼兰这一带，他的边塞系列成就了他的一世英名。

在中华民族历史上彪炳千古的大唐盛世，也不是没有内忧外患，楼兰先是突厥与大唐争锋，后来又有了吐蕃侵入。而王昌龄怎么会把一个消失的楼兰作为假想敌呢？当然不是王昌龄无知。

何止一个王昌龄，高适这样一个把大漠雄风扯出男儿血性的猛男，留下了"马蹄经月窟，剑术指楼兰"的诗句。像李白这样一位皇帝也不屑于伺候的酒坛诗圣也要"挥刃斩楼兰，弯弓射贤王"。当然李白和巴州的渊薮，我还会在另外一篇写焉耆的文章写到。而孟郊不过是唐朝一位大孝子，他也来楼兰写楼兰。"拟脍楼兰肉，首怒时未扬"。横刀立马的气概一下就出来了！悲天悯地的诗坛领袖杜甫也来了！"卢绾须征日，楼兰要斩时"。楼兰是个时代话题，不斩一下楼兰，显示不了做人的脊梁。

全唐诗约四万八千首古诗词，围绕整个西域，"楼兰"出现的频率是最高的。也就是说盛唐的边塞诗人经常干的一件事就是斩楼兰。翻开历史的版图，楼兰只是一个小国，那么大家为什么喜欢斩楼兰？是恃强凌弱吗？当然不是！因为楼兰这方水土地处丝绸之路的一个重要节点，是多种文明的交汇地，东西方贸易的枢纽，她又夹在汉朝和匈奴之间，大汉和匈奴谁也惹不起，首鼠两端就要被斩！楼兰王在元丰三年（前108）就被汉军抓过。太初三年（前102）这次楼兰王不但被抓，还被押回长安游行示众。到了汉元凤四年（前77）为了从根本上解决楼兰在汉匈之间的墙头草问题，权倾朝野的政治家霍光部下傅介子自请出使楼兰。在楼兰王宫，傅介子使用谋略和智慧把楼兰王给斩了！

一个国家的国家意识，往往是由一些杰出人物的爱国故事书写的。傅介子不仅在楼兰的首都以少胜多把楼兰王斩杀了，还把他的脑袋带回了长安，挂在外国使馆区示众。这些外国的使臣再把这个消息传给他们本国国王，可不就把他们吓晕了，有谁还敢来犯大汉，犯我大汉！从唐朝的整个历史来看，最大的边患在西北部，这样就使得整个大唐的政治家、军人、文人的注意力都落到了楼兰古国所在的西域，斩"楼兰"也就成了超越生命之上的社会共识和时代心理。

生命的消亡总是从气数渐弱开始的。国家也一样，为什么世界所有的古老文明，唯有中华文明生生不息，充满着无穷的活力。原因也就在于我们这个民族的精神气质，经受再多的磨难与屈辱还能强劲起来，就是这种宁死不屈的家国情怀让中华文明历久弥新，永远昌盛！

唐朝社会有尚武的风气，军人是这样，文人也一样！"功名耻计擒生数，直斩楼兰报国恩"。

文明的高贵，在于我们文化特质的无与伦比和博大包容。唐朝人推崇大汉，并非厚古薄今，而是以汉朝来砥砺鞭策唐朝。王维诗："出身仕汉羽林郎，初随骠骑战渔阳。熟知不向边庭苦，纵死犹闻侠骨香"。唐朝诗人王翰"醉卧沙场君莫笑，古来征战几人回"同样抒发了他们把生死置之度外的坦荡胸怀！

中华民族五千年的文明史从来不敢放松对西域的经略。魏晋时期，楼兰是西域长史府所在地，与鲜卑、猃胡、柔然的血腥征战从来没有停止过。太平真君六年（445）北魏吞并楼兰，楼兰王国的历史彻底画上了句号。

八

关于楼兰，一个绕不过去的话题就是关于楼兰的发现。我在说到盛唐文人写楼兰诗时说道：只要他写了楼兰就能流芳百世。说到楼兰的发现也可以这样理解：无论你是任何国籍，也不论你是哪个民族，只要你对楼兰有所发现你就可以扬名世界名垂青史。斯文·赫定，瑞典人，因为对"楼兰位置"的发现而成为世界著名探险家，受到世界注目，与诺贝尔有齐名之誉。德国学者康拉底因为在楼兰找到了汉文木简与纸本文书，证实这就是见诸《史记》《汉书》的楼兰故城，他也因此而成为世界级人物。英国人斯坦因同样是这样，他因为发现楼兰国的边境绿洲重镇精绝藏有楼兰王国时期档案库"沙埋庞培"也成为世界级的标杆人物。

十九至二十世纪，对楼兰的发现几乎没有停止过。这个距离海洋很远的楼兰掩埋着失落的古老文明。二十世纪三十年代，瑞典的贝格曼在奥尔德克的引领下发现了"一千口棺材"的小河墓地。他的报告一经公布，国际学术界把钦佩的目光投向了贝格曼。也有学者认为在楼兰发现的《李柏文书》它的史料价值超过了楼兰发现的其他众多文物。这又要说到日本人大谷光瑞，是他把小和尚橘瑞超派往楼兰，在斯文·赫定曾挖掘过的一个角落不到两指宽的缝隙里发现了四张墨迹清晰、书法优美的《李柏文书》，这两个日本人也借此轰动了世界。

长达半个多世纪的盗窃风潮，斯坦因、斯文·赫定、橘瑞超等世界级探险家从楼兰及其西域沙埋城市和石窟中搬走的壁画、手稿、塑像等文物，可以说数以吨计。这些文物至少分布在四十七个国家和两百多处博物馆共有一百六十万件。有些博物馆就是因为有了中国文物而成立。历史文物记载着一个民族文明演进的历程，是无法替代的有形遗产、文化家谱和精神寄托。

九

关于楼兰的一切发现，怎么谈论和研究都不为过。对那些外国的探险家我也没有太大的兴趣，他们不择手段把别国的东西搬回了自己的国家，由此而炫耀对文明的拯救，我是不敢恭维的。我要说的是对于楼兰的发现，我们不能忽略第一个发现者：奥尔德克。

奥尔德克是罗布人，一八六四年出生于巴州若羌县米兰镇北部塔克拉玛干沙漠中的阿不旦村。因为他水性极好，可以不驾舟独自钻进水里捕鱼、抓鸭子，一天不上岸，游走如飞，还可以背着一百斤重的麦子浮上水面。所以有个外号叫"野鸭子"。

其实，奥尔德克才是发现楼兰与小河墓地的第一人。如果没有他，这两座震惊世界的遗址有可能与两位探险家失之交臂。奥尔德克是当地的活地图，对于那些探险家来说根本找不到的地方而对于奥尔德克来说也许是司空见惯，也因为如此，斯文·赫定让他当向导。

似乎是神示和天意，只需去按部就班地演绎不可复制的精彩一幕就成了。在穿越大片雅丹荒漠之后，探险

31

队发现了一座隆起的沙丘，上面有三间房屋的遗址，经过挖掘，发现一些古钱币、石斧和风化的木刻人像。然而这并未引起斯文·赫定的足够重视，他打算快速前进，尽早完成预定中的考察计划。探险队向前走了二十多公里，在一处洼地准备掘井取水，这时才发现，他们唯一的铁锹丢失了。诚实的奥尔德克愿意回去把它找回来。他走后不久刮起了可怕的沙尘暴，直到第二天下午才带着铁锹返回营地。他说，风沙使他迷了路，但他偶然看见了几处他们没有发现的废墟，还有几件精美的木雕露在沙子外面，他捡了两件木雕，但他的马受了惊，死活不愿驮回来，就只好把它们扔下了。斯文·赫定突然意识到这是一个差点失之交臂的重要遗址，立即派奥尔德克带几个人回去，把这些东西拿回来。奥尔德克取回的木雕如此精美，令人眼花缭乱，斯文·赫定兴奋极了，抑制不住内心的激动："我打算回去，可这又是多么愚蠢的想法。我们只剩两天的用水了。"他只好带着遗憾离开了，后来写道："无论如何，明年我一定要再回到罗布荒漠，奥尔德克已答应将我带到他发现雕花木板的地方。他遗忘铁锹真是一种运气，否则，我永远回不到古城，永不可能有这样大规模的发现来给中亚古史投下新的意想不到的光辉。"

一九〇一年初春，斯文·赫定又回来了，从藏北高原返回罗布沙漠中的神秘遗址,有计划地进行全面挖掘。除出土大量汉代钱币、木雕佛像、衣饰残片、陶器和其他小物件外,更重要的是发现了三十六件文书残片和一百二十一枚木简。这些文物特别是古代文书经德国汉学家希姆莱研究和解读,谜底终于揭开了——奥尔德克和斯文·赫定发现的沙漠遗址就是西域历史上著名的楼兰!这座赫赫有名的卫戍边城曾在古丝绸之路上繁荣一时,后来因为自然和人为的双重原因废弃了,湮没于沙漠之中已有一千多年。它的发现被誉为"东方庞贝城",轰动了国际学界,并引发了整个二十世纪的"丝绸之路热"。

也正是奥尔德克,多年后又将沃尔克·贝格曼带到了传说中有一千口棺材的小河墓地……

是奥尔德克首先发现了楼兰古城和小河墓地。这样说,并非要贬低和否定两位探险家的惊世发现。一种人云亦云的习惯性谈论已经太久,往往遮蔽了历史的真实面貌——毫不夸张地说,斯文·赫定对楼兰的发现,贝格曼对小河的发现,是奥尔德克发现之后的再发现!如果没有他,这两座遗址可能仍埋在沙漠中不为世人所知。小人物在关键时刻发挥了大作用。在两位瑞典人的探险伟业中,无疑包含了一位罗布人的卓越功绩。因此,在我们记住斯文·赫定、贝格曼的同时,更不应忘记一位普通罗布人的名字——奥尔德克。

奥尔德克在罗布荒原上犹如神助般的发现，无疑为斯文·赫定、贝格曼的再发现确认了方向，引导了道路。如此来说，奥尔德克既是出色的向导，更是沙漠里的预言家。一位土著居民不自觉的发现与职业探险家的自觉发现结合起来，才使我们对历史的挖掘、对文明的探寻成为可能。

楼兰的发现是二十世纪西域探险史的开端，也是持续百年的"丝绸之路热"的滥觞。一九三六年，奥尔德克双目失明。一九四二年，他病故于卡拉庄，终年七十八岁。让我们记住他——罗布人奥尔德克。

十

今天的罗布泊主要因为自然环境的恶化，无可奈何地干涸了，生命迹象也一点点消失了！

楼兰作为中心枢纽城市，作为咽喉重镇由盛而衰。行走在楼兰大地，万千思绪纷至沓来，她的精神高度和遭遇的灭顶之灾只能是一个永恒的梦幻，罗布泊什么时候才能重回楼兰故地。天地日月怎样轮回，我们生活在一个未知的世界，我们期待罗布泊蓄水，楼兰绿洲新生！也不断有楼兰文化复兴天时、地利、人和的消息传来！但愿这一天不会遥远！

胡杨，我把什么告诉你

一

从天上看胡杨林就像万里长城。

天山南麓塔克拉玛干沙漠最壮丽的图景就是承载了永恒不朽的胡杨。在植物这个谱系里面也算得上珍奇物种了，全世界也就两个国家有这么三块胡杨地，而最大的一块就在新疆巴州的轮台县。

"轮台"的寓意也很有意思："雕鹰"，品味一下，和胡杨这个物种内涵上也有某种归属的气质，其实人也一样，和自然也有某种息息相通的东西。就像你生活在西藏和生活在杭州不但内在气质各异，长相也把山河天象雕刻在了脸上。

轮台这个地方无论是历史还是自然，把很多厚重的东西叠加到一起了。公元前六十年，西汉王朝在轮台设

35

西域都护府，是当时西域政治、经济、军事、文化的中心。岑参、骆宾王、陆游等古人留下了众多书写轮台的不朽诗篇。道不尽的轮台古韵，话不完的胡杨沧桑。

胡杨属于典型的荒漠森林草甸植被类型，共有四十余万亩，被称为"第三纪活化石"。世界上有一千二百多个森林公园，而沙漠胡杨林公园仅此一个。在它的身上有太多的无与伦比，于是它成了中国人精神世界里一个坚强不屈的符号。

二

胡杨是自然的写照，也就是说塔里木河、天山、大漠孕育了胡杨、承载了胡杨，就像桂林的天地间孕育了桂林山水一样！

我们常想，一个人活成什么样子，最终是由这个人的精神高度决定的。为什么会把胡杨生长的一些特质提升到一个民族精神境界的高度。人民大会堂的宴会大厅就挂了一幅二十多米宽的胡杨作品。就像家长都希望"望子成龙"，将军勉励战士说："不想当将军的士兵不是好士兵。"胡杨生长在最严酷的自然环境中，那么塔克拉玛干沙漠边缘的戈壁和绿洲，自古就是好男儿建功立业的地方。中华文明之所以不朽，自然的天赐、精神的支撑、文化的包容，由此而凝成的跨入新境界的茂盛生命状态，就是蕴藏于我们这个民族血脉之中的文化自信。

胡杨是精神象征，同样也是独特的美学符号。夕阳下的沙漠胡杨是无与伦比的天下美景。炽热的阳光直接把雪山、河流、沙漠、胡杨绘成一幅没有瑕疵的大写意油画。红柳和骆驼刺是它的点缀，山河大地是如此通透和坦诚，一根根曲线交织出一部雄浑大地激越交响。边关月下，硕大粗粝的躯体和娇小的嫩叶奇妙地组合在一起，就这样把岁月拖进了永恒。

三

胡杨一千年不死，死了一千年不倒，倒了一千年不朽。胡杨三千年，大部分的中国人都熟悉这句话。但什么事情都有特例，在轮台县的胡杨森林公园，一棵树就长了三千年。老根盘踞、新叶蓬勃，活得苍劲而灿烂。

三千年的沧海桑田、三千年的岁月更替、三千年的繁华起落。在这样一尊生命面前，你追溯往昔或畅想未来似乎都显得力不从心，悲凉之余一种怀古的幽思油然而生，生命太短暂，但总有一件东西在拉升你的长度和宽度。

　　这棵树已经被当地政府供奉起来。它已经三千岁了。如果要再往前想，很有可能史前时期，它已经有了生命。我曾经在一篇文章里这样写道："人活不过一棵树"。那个时候我脑海里的树压根儿就没有敢往胡杨这个方向想，我的感觉是连一棵小树也是活不过的。当我站在这棵"胡杨王"面前的时候，我惊呆了。庄子说："天地大美不言"。你不说，我又能把什么告诉你呢？

　　三千年的沙漠干涸，三千年的烈日烤炙。三千年的风摧雪虐，三千年的形孤影单。三千年呀！经历了多少次王朝更替，轮回了多少个如梦江山，整个人类又有几个三千年呢！如果说树有年轮，谁又能数得清哦！在这样一棵古树前久久凝望，天和地都在为它肃然起敬。看起来它并不孤傲，也不显苍老。我听一个植物学家说，它的根须要比它的身高长三倍，那这三千年里谁又能测定出它扎进了一个怎样的深度。这样的生命状态，谁也不知道还要生长多少代、多少年。人类的好奇心无论怎样也无法还原它成长的旅程！

　　这样的生命也只有在西北沙漠的苦寂地带，盐碱不能把它毁蚀，缺水不能把它渴死。相反，大自然的一切恶行，成全了它的"一孤上下三千年，俯仰人间几万里"。每天，都有来自世界各地的游人看胡杨，更要来观览仰视胡杨王。

四

沿海的温暖，江南的水乡，长不成胡杨。胡杨守卫着的是我们人类生存的绿洲，它也没有进过闹市，也听不到太多的赞扬与褒奖。

如果有一种守望，一生一世，孤独无告，这种守望真的有意义吗？守望的前提是什么？我们难免发出这样的感慨、做出这种考量。在人类生活的这个星球上有很多物种，无论是动物，还是植物都在岁月的磨洗中泯灭了。恰恰是这胡杨，历经沧桑，屹立不倒。如果说一定要给我们人类灌注一种精神，而这种精神一定要去植物里面提炼，我想，没有任何一种植物比胡杨更合适了。

我说胡杨，活下去就是艰难、逆境和险象的缩影。胡杨的生命力蕴含在它的体内，湿热的气候和黏重的土壤，它也照样生长。每逢春天枯枝发嫩芽，老枝条上叶片也圆润。胡杨仿佛就是为了迎接这个世界上所有的困苦、嫌恶、艰难、狂暴，才来到这个世界的。作为一种生命，它需要水吧，而它却恰恰就生活在荒漠深处。需要肥料吧，它就是在特别贫瘠的土地上，也不会有丝毫退缩。追梦胡杨不一定活成胡杨，无论我们活成一个什么样子，但一定要相信在这个世界上总有一些生命是以另外一种状态延伸的，恰恰是这样一种生存成全了我们的风花雪月，奠基了我们的如意人生。

五

在我的胡杨影像里，最早的底版是二十世纪八十年代初期孟晓云的报告文学《胡杨泪》，写的是那个特定年代一位求知青年钱中仁饱受凌辱、历经磨难、不断求学、愈挫愈奋，像胡杨一样顽强生存的故事。特别写到胡杨体内流出的液体被叫作胡杨泪，因为泪水是咸涩的，在空气中慢慢蒸发，继而在胡杨的躯体上结成了胡杨咸。这种咸性物质还是一味独特疗效的中药，有的时候苦难才是人生最珍贵的良药。就像陷入黑暗的深度以及在黑暗中的思考最终决定一个人所能达到的高度一样，胡杨也是这样告诉我。

胡杨精神对于新疆人来说，就是一种流淌在血液中的东西，和胡杨一样，选择那片土地就是选择了艰辛与困境，也就心甘情愿接受了边疆的日月轮回给予我们生命的馈赠。有时想想，人一辈子不就是在和困境周旋吗？

盛世大唐是我们中华民族历史上的一个难以逾越的精神文化高度，"醉卧沙场君莫笑，古来征战几人回"。

"黄沙百战穿金甲，不破楼兰终不还"。铠甲磨穿，壮志不移，不打败进犯之敌，誓不返回家乡。

六

在时光的翻页中对我们共同生活的世界有些许灵性思考，如果我们在红尘中匆匆忙忙，利来利往，极有可能错过了洞开心灵之门的机会，一辈子也没有见到真正的自己，又何谈窥探了这个世间，我们天天看到的众生狂舞又与你有什么关系呢？怎样才能找到上帝的视角把世相和自己的心连接在一条共振的导管上，让我用心把这个世界娓娓道来。

中国文化几千年来天人合一，道法自然，我们的灵性来源上苍天赐，用多维的灵性感知这个世界，感知这个时代的昂扬和那些像胡杨一样艰难付出的人，而不是麻木地站在一边冷嘲热讽看笑话，进而调侃针砭我们这个正在巨变、交织着各种矛盾的时代！

今天我们观赏咏叹胡杨，以物寓情，以物寓志。中国人自古以来以这样的方式修炼自己的风骨。也可能世间生命无常，但我们追求生命的璀璨和绽放，追求精神的深度与高度，活着活着一些人就活出了置之死地而后生的活法了。当然是一种坦然接受生死，把自己活得更精彩的活法。人生，谁又不想这样活一会儿呢！

　　遥远大漠风尘的千年吹袭，塑造成了胡杨的大逍遥、大自在、大平静。自古山高皇帝远，高天阔地任我翔，何必忆江南。名利、感知力，一个面对现实，一个面对吾心，生命的高下也就自然生成。

　　打破加于人身的藩篱，将人的自然属性释放出来，重新回归自然，达到一种万物与我为一的精神境界。先秦时期的文化碰撞与融合，大唐盛世以边塞诗为代表的豪迈与狂放，再到宋朝以宋徽宗为代表的书画艺术高度，中华文明太深厚了。

　　一种新文化的孕育，只有站在巨人的肩膀上，就像三千年的胡杨王，如果脱离了根脉，它的命运就是死亡。胡杨为什么能够千年不倒，不论是河水改道还是雷劈电闪，就是因为它的根系太粗太壮，根扎大地太深太长。就是因为它海纳百川，"千磨万击还坚劲，任尔东南西北风"。郑板桥的这首咏竹诗，用在胡杨身上也是恰如其分的。

　　我们能否把中国几千年文化的精髓放在一个更加宏大的世界语境里来考量，我们需要秉承传统，更需要超越历史的胸怀和勇气，一种伟大的文明，总是能包容其他的文明而比任何一种文明更加优秀才能自立于世界文明，才能被别的文明所接纳，才能用精神文化的力量引领文明的进程。

七

穿行在胡杨的世界，一列小火车居然出现在这密林中，它把几个景点、林道、湖泊有机串联在一起。湖中居然有成群的天鹅，它和垂钓的人们和谐相处，太阳把湖面镀上了耀眼的金光，此情此景，让人神醉情驰。

走进密林深处，还有野羊、野鹿、野狐、野兔出没其间，野草野花争奇斗艳，野树野果直撞人头，野气野味意味无穷，茂密的森林，往往使人望而却步，高大的胡杨会使你爬上它的高枝，远望塔克拉玛干大沙漠，森林和大漠的风光顿时使你也野了。

八

"天山雪云常不开，千峰万岭雪崔嵬。"写胡杨，咏胡杨，一个绕不过去的人物就是唐朝边塞诗人岑参了。雄奇瑰丽的边塞风光，任由他纵情歌唱。岑参在西域从军六年的独特经历为他提供了取之不尽的奇闻逸事，轮台的山川明月，更加激起了他的乐观昂扬。其中最美的图画当属"北风卷地白草折，胡天八月即飞雪。忽如一夜春风来，千树万树梨花开"。用梨花来比喻西域的白雪，西北的苍凉景色被巧妙地诗化了！"功名只向马上取，真是英雄一丈夫"。何等的气概和报国雄心。胡杨是怎样被塑造出来的听听岑参怎么说："轮台九月风夜吼，一川碎石大如斗，随风满地石乱走。""九月天山风似刀，城南猎马缩寒毛。"横扫一切的寒风，留下来的也只能是胡杨了。诗人对西域一带的描绘，强烈渲染了大唐军队的赫赫声威和豪壮军容。建功立业的人生理想，汇成了一股跌宕奔流的豪放之气，一曲惊心动魄的生命赞歌，描绘出了一幅苍莽雄奇的边地山水画卷。雄浑与壮美替代了荒凉与苦寒，他是那个时代最饱满的精神象征，也是融入中华文明最绚丽的华美乐章。岑参两度出使西域，第二次从军在西域轮台生活了多年，写下了四十多首边塞诗，其中有十七首就是写轮台的诗。

九

你站在胡杨面前仰望它太强大了，如果你爬上对面的山冈，它可能就是茫茫林海之一斑。它也就占地几分，在骄阳似火的夏日，只顾投下大片绿荫。一幅韬光养晦的模样，在一个地方一动不动默立了几千年。默然无语笑平生，如果它觉得自己伟岸，就会有太多负累，也许就长不成高山仰止的生命之树。

我们来到这个世界，你要去哪里？什么地方是你命运的天涯。你也只有做最好的自己，你坚持你就有机会，你孤独你内心就会获得宁静，你穿行在无人企及的深渊，也许你就获得了涌泉如潮的地下水。

在中国人的精神世界里，有把粗粝、孤寒、荒拙作为审美高度的价值取向。有一个画家长期用右手把技法锤炼到了炉火纯青的地步，但是画的格调还是上不来，有一次他遇到了一位仰慕已久的高人，虚心求教，高手看过他的画以后说了四个字：用左手画。这样一来他驾驭毛笔都困难了，在失败的艰难中他又慢慢建立了自信，画的境界也就且行且悟中提升上去了。从"知行合一"到"格物致知"再到"物我就是文化""物我就是对世界的感知……"虽然身心俱疲，身心灵融为一体，却酣畅淋漓，让你充满欢喜地面对这个世界，就是见了鬼神也不可怕。

我们怀揣对胡杨的感知，也许会变成另一个不一样的自己。从这里再出发，胡杨还会带给你不一样的感知体验。人生中，总会有一些不期而遇让你难以释怀！

轮台东门送君去，去时雪满天山路。山回路转不见君，雪上空留马行处。这是岑参的送别诗。有几千年的送别，就有几千年的回眸。银杏胡杨的高贵、柳叶胡杨的婀娜、枫叶胡杨的成熟、长须胡杨的睿智，每一棵胡杨都是燃烧的火炬。在这样一个美轮美奂的金色大厅，热血刻录了我们狂欢的多彩。江格尔诗史、渥巴锡东归，胡杨林发出了和谐的交响，向死而生的精神长歌，每一次都是金色凯旋。

天鹅飞过大地，四季巴音郭楞

巴音郭楞是蒙古语的音译，意思是"富饶的流域"。作为一个很大的地方，不知道世界对你的认知度是怎样呢？

假如在北上广街头搞一个问卷调查，知道这个名字所指的人比例会有多少呢？对此，我是存疑的。因为"巴"这个字很容易和"巴山""丹巴""巴特""强巴"这些词语联系在一起，很容易让内地人想到四川、西藏、内蒙古这些地方！事实上巴州所辖的梨城库尔勒市、巴音布鲁克草原、楼兰古国等，知名度也许并不在巴州之下！在新疆所属的巴音郭楞蒙古自治州漫游了一些日子，总感觉到这片高天厚土与它的知名度太不相称，于是就有了以下一些关于巴州的漫想。

在州府所在的库尔勒市中心，穿过一条美丽的天鹅河。乘坐游艇看夜景，河的蕴涵和绚烂可与我记忆中法国的塞纳河、南京的秦淮河媲美！除了河的姹紫嫣红更因为天鹅就在河里河外与巴州人和谐相处。无论你来自何方，只要你有心，你就可触摸到天鹅的羽毛，听到天鹅悦耳的喃语！它们看到你的笑靥会群起而欢腾，扑闪着美丽的翅膀欢迎东渐西进的各路游客们。库尔勒梨城可以被誉为天鹅之城！正在向世界讲故事的巴州也可以称之为天鹅之州！

巴州大地以及和静、轮台、博湖、焉耆等县，特别是库尔勒市的杜鹃河、孔雀河、天鹅河，到处都是天鹅游弋、越冬、休憩、繁衍的家园。天鹅把这一个州，把这一座城装扮成了爱情之州、浪漫之城。

今年大年初一，杜鹃河畔人头攒动，接踵摩肩，各族群众、男女老幼，两万多人与天鹅共舞。嬉笑欢乐声中，伴随着"咔嚓、咔嚓"的快门声，湖面戏水的天鹅，空中起舞的天鹅，姿态万千的画面被定格在了那一瞬间，热热闹闹过大年，人与自然和谐相处的美丽场景就在这里呈现。那一排排天鹅飞过来了，即将落水，美丽的滑翔简直美得不要不要的。

天鹅时不时地引吭高歌、翩翩起舞，还摆出各种队形翱翔、各种姿态滑行，简直太美了！

从二〇〇七年开始到二〇一九年，库尔勒孔雀河从最初的十九只天鹅增加到了目前的四百余只，以前这里禽鸟品种单一，数量也少，如今，这里禽鸟品种变得丰富了，有绿头鸭、鹊鸭、秋沙鸭、白眼潜鸥、白秋沙鸭、红嘴雁、鸳鸯……去年第一批来这越冬的天鹅，把越冬时间首次提前到了九月中旬，天鹅越冬栖息的时间也从最初的五十一天变成了一百八十余天。

年年春天，更有在世界各地过完暖冬的天鹅，从黑海、红海、地中海一带向着一个方向飞，飞过喜马拉雅巅峰，再飞过天山，云集在巴音郭楞这片富饶的湿地上来筑巢产卵了。这里是世界上最美的、亚洲最大的天鹅故乡！中国唯一的天鹅自然保护区，这里生活着大天鹅、小天鹅、疣鼻天鹅等一万余只天鹅。

中国文化里从庄子的逍遥游始，很多神鸟也就成了中国人精神世界的象征，像凤凰、鲲鹏等就是这样！但又有谁真正见过呢！

中国古代称天鹅为鹄、鸿、鹤、鸿鹄等！《诗经》中对天鹅这样记载"白鸟洁白肥泽"。"天鹅"一词最早出现于唐朝李商隐的诗句"拨弦警火凤，交扇拂天鹅"。在英国，莎士比亚的雅号就是"艾冯的天鹅"。中外文化不约而同地在天鹅身上寄托着人类最原始、最高贵、最纯真的美好理想。

天鹅栖息在巴音布鲁克草原的一片湿地上，从自然和社会的每一个纬度去观照，都有太多的无与伦比。我去过一些高原，从地理意义上似乎有这样一种感觉：只要上了高原，越往上走离世俗就越远了！难怪古人云"心远地自偏"。为什么很多人喜欢去遥远的地方，包括去南极、北极这些地方旅游！是不是试图借助洪荒之力涅槃出一个不一样的自我呢！上高原是这样，人的思维品格也是这样，不断地否定自己，在哲学上也就意味着上升。对一个民族进行精神、历史的反思，这个课题实在太大了。但是随着中国进入新时代，随着人们对美好生活向往的日益精进，行走到灵魂高处的人一定会越来越多！

这个高度需要理智和情感的双层支撑。在一个利欲主义横行肆虐的年代，总会有一些人率先挣脱旧有的生活方式，放飞心灵到天赐的爱情圣地去旅行，去和天鹅相会，和蔚蓝与洁白相逢！我觉得巴音郭楞就是这样一个地方！

天鹅这个族群的生活空间几乎遍布整个天空和地球上最美的湿地。它有自己的组织架构，有首领，当然也有自己的臣民。有组织原则，当然也有行动纲领。民主而又集中，开小会也开大会。宣布谁留下，谁高飞，谁领头！天鹅往往在月亮升起的时候开始振翅滑水，整个的飞行过程往往在月光相伴的夜色下！轻轻的风在月光下摇动，牛乳般的清辉洒在绵延不绝的草原上。美丽的巴音郭楞我想对你说：就算月色朦胧，我心已经飞越夜空，在天鹅飞行的矩阵里，有我迎风流泪的五彩梦。长河日月，天鹅轻吟，无论你飞得再高还是再远，我就在这原上，一直等着你。等到秋草枯去，等到春野山花，当原上九曲十八弯镀上金辉的时候，你身披霞光，就会回到你独有的温暖土地上。站在巴音郭楞，我想对世界说：无论人心多么善变，天地轮回不变。天鹅不变，我心永恒。天鹅在上，各自高贵。

一只雌天鹅在飞越喜马拉雅巅峰时知道自己受伤了，它没有告诉同飞的伴侣，只有美丽的风知道，它已受伤，它仍在飞行！飞过天山，终于回到了故乡巴音郭楞。在它们栖息的湿地上，它再也不能进食了！从这一刻始，雄天鹅寸步不离，伤到深处的雄天鹅，自己也没有进过一滴水、一根草！最后依偎着相继魂归西天！

天鹅守护者告诉我：当两只天鹅悉心地相互梳理羽毛的时候，那就意味着已经情定终身！一夫一妻，相伴终生。天鹅喜欢群栖，但绝不乱交。人类一直在追问，什么东西能够永恒，其实唯有爱情！

记得二十年前，我在北京广播学院读书，电影《泰坦尼克号》首映，众多女生约我去看这部电影，那个年代，一张票八十块钱。也是我此生看过最豪华的电影。

随着剧情的推进，整个影院变成了一座哀乐低迥的坟场，男女老幼，泪水狂奔，撕肝裂肺的恸哭声把人对爱情的至深渴望一点一点释放出来。那一刻，让我真切地感受到，无论我们当下如何滥情，如何逢场作戏，如何朝三暮四，但人对一夫一妻坚贞爱情的渴望，对舍弃生命捍卫爱情的痴心，是如此地心向往之。

有的人会用一生一世守望一片橙色的麦田，守望一片紫色的薰衣草，就是因为麦田和薰衣草上浸透了爱的记忆！有的时候我们跋山涉水，不就是为了给自己的爱恋找到一个可以寄放的地方嘛！如果要给来巴音郭楞一个理由，巴音郭楞天鹅湖告诉你！

在巴音郭楞，雌天鹅一般在五月间产下两三枚卵，然后雌鹅孵卵，雄鹅守卫在身边，一刻也不离开，待到"丑小鸭"脱壳而出！天鹅对后代也十分负责，为了保卫自己的巢、卵和幼雏，敢与狐狸等动物殊死搏斗！

旅游既人生！这是一个生活命题，也是一个哲学命题。记得早先有人说过：人生就是一场疲惫的漫旅，进入这种状态的人，一定有某种图新求变的心理基因，一定是想让自己活得更高贵超然一些。人有的时候就是需要和自己深陷的生活拉开一定距离，撕开俗事缠绕，无须争宠献媚，钩心斗角，得多失少，处处设防！为了生活四处奔波，这叫活着。为了在天鹅草地歌一曲铿锵的行板，这恐怕就称得上叫生活了！

在巴音郭楞大地行走，隐约感觉到这在古人眼里"春风不度玉门关"的苍茫之地，已经是一片正在隆起的文化旅游热土。"一带一路"节点上的巴音郭楞，正在徐徐吹来一股天鹅季风！在今天这个星球上，如果谁忽略了巴州，或许会成为人生一大憾事！

在中国地图巴音郭楞蒙古自治州经纬线上，曾经的西域三十六国就有楼兰、焉耆等在这方水土上，有的虽然消失了，但有的依然焕发着勃勃生机。神秘的楼兰美女与迷人的蒙娜丽莎哪个的笑容更妩媚一些呢！

巴音郭楞，在这片孕育着英雄江格尔传奇的土地上，土尔扈特人用爱国主义的炽热情怀书写了一曲昂扬悲壮的东归史诗。在辽阔无垠的博斯腾湖上，苇子轻轻地摇，睡莲静静地开，渔歌唱晚风声起，暗香浮动月黄昏。塔河岸边狩猎归来的罗布人已经点燃了江边渔火，正待我们饮一杯开怀的烈酒，把激越的豪情留在这千年不倒的胡杨树下。

在巴音郭楞大地，作为行者你就一直走吧！走过山花烂漫的草原之路，你就可以进入沙漠森林公园。如果你想横穿塔克拉玛干沙漠，那你同时也可以感受到世界公路史上的奇观——塔里木沙漠公路。沿途你还可以看到高耸矗立的石油钻塔。再往上走，你还可以走进国家级阿尔金山自然保护区，那儿可是野兽成群、人迹罕至的地方！

天鹅飞过大地

巴音郭楞，天鹅的故乡，自然也是艺术的天堂！中国从诗经始，历朝历代，各种关于巴音郭楞的艺术样式从来都没有停止过！特别是西部边塞诗，是我们民族文化之林的瑰宝。而国外的《天鹅之死》《天鹅湖》等艺术经典也是中国人心中关于天鹅的曼妙华章！尤其是关于天鹅的一切艺术表达，都是通往艺术天阶上的心灵眷顾。对天鹅秉性的挖掘，由此孕育而成的爱情永恒为内涵的天鹅文化，是对我们人生品格最奢华的艺术馈赠。说到音乐，谁又把天鹅略带忧郁的声音写成了长恨歌呢！

中国绘画的最高境界，其实就是作者精神品格所达到的高度，在巴音郭楞，有数不尽的天鹅、胡杨、巩乃斯，野驼、烈马、罗布泊等题材等待你去领悟，去写生，去创作。在中国的历史长河中，有数不尽的艺术家，都是凭借巴音郭楞这样的大美山河，创作出了不朽的艺术作品。我的老师王培东先生说：大写意是中国绘画的最高境界！那么大写意在当下中国，为什么它的光焰并没有那么灿烂，事实上缺的就是"天人合一"的这种中国文人的境界和精神。生命之上，一定有一种东西在引领我们，而这种东西和天鹅之间一定有着某种默契。在漫长的历史长河中，人类总是在拷问，什么才能永恒：唯有爱情！

巴音郭楞这片神奇浪漫的原上就是不缺诗和酒，就是点燃艺术灵感的地方，总会有一天，总会有人写出新时代的《将进酒》，与尔同销万古愁！

以天鹅的行迹和视角看巴音郭楞，这片多姿多彩的土地可能还略显寂静，但巴音郭楞已经在向世界讲故事，世界的目光像天鹅一样，也在向这片土地瞭望、交汇、云集。

生活原本就是一个自思和体验的过程！在天鹅栖息的原上，想着想着自然会有某种哲思层面的东西在攀升，那种遥望天鹅、一洗红尘的快感，会不会就是我们每个人都在追寻的精神高度呢！

在巴音郭楞深山峡谷，还有众多未曾开发的处女地，中铁建的筑路决策者们已经多次来到这里，一旦这条道路打通，将对巴音郭楞全域旅游产生不可估量的影响。在这片各种珍奇动物徜徉、野兽成群的山谷里，北京一位业内投资策划高手说：一线城市那些赚了大钱而身心俱疲的成功人士，要让他们开着房车或私家豪车到这里疗伤，找回初心再出发。众多国内一流文化旅游企业入驻巴州，投资兴建、资产评估、互联网模式、全域旅游规划设计已经在进行。一张蓝图绘到底，预计巴州全域将有上千亿的投资机会。中国招商集团、保利集团也向巴州表达了文旅投资、临空经济、"一带一路"中巴经济走廊承载地建设的意愿，提出"东有横店，西有巴州"

的理念。王琸月女士如是说：当下中国文旅产业要取势、明道、优术相结合，抓住全域旅游的机遇期，做好顶层设计和精准落地，把全州作为开放的大景区来打造。支持各类社会资本进入文化旅游市场，完善面向游客的公共服务体系，深挖文化特色，打造全巴州的标识性项目，通过品牌的力量，构建主客共享的旅游目的地。

思接千载、视通万里。千帆竞发，万舸争流。

天鹅飞过大地，四季巴音郭楞。

博 斯 腾 湖

一

博斯腾湖是上苍的神来之笔，冠在它名下的世界第一、华夏之最实在是太多了，也许就是因为它周边塔克拉玛干、罗布泊这些过于惨烈的死亡之海，于是在逶迤的天山蝶谷里聚成了这片万鸟翔集、荷花映日的秀水平湖。

但凡有湖的地方就会产生爱情，博斯腾湖也不例外。博斯腾原本就是一个男神的名字，痴迷他的姑娘叫尕亚，尕亚美貌自然倾国倾城，他们相爱如醉如痴、撼天动地，以至于神灵也为之心旌摇动。天上的雨神年轻荷尔蒙更盛，想要娶尕亚为妻，尕亚以死相抗、伺机逃遁。

雨神气急败坏，连年滴水不降，于是草原大旱。博斯腾怎能看到那乡亲们忍饥挨饿，便奋不顾身冲上云霄与雨神大战九九八十一天，终于使雨神屈服，但博斯腾却因过度疲劳而丢下孨亚撒手人间。孨亚痛不欲生，眼泪化作大片湖水，最后也悲愤而死。为了纪念他们，当地的牧民将该湖命名为"博斯腾湖"。

传说，唐僧去西天取经时与博斯腾湖相遇时喜出望外，何曾想到在千里风沙跋涉途中会有这样一片望不到尽头的蓝天碧海，便择一处阴凉小憩并把行囊打理再出发。结果走到距此不远的流沙河受阻，《西游记》中记载此河水势凶险，又被卷帘大将（沙僧）占据，常人根本无法渡过，有诗为证：八百流沙界，三千弱水深。鹅毛飘不起，芦花定底沉。唐僧在此地收卷帘大将（沙僧）为徒，赐法号悟净，卷帘大将（沙僧）一心归佛，同八戒、悟空一同保唐僧西天拜佛求取真经。

而按照湖泊的地质成因来看可分为构造湖、冰川湖、火口湖和堰塞湖。由地壳内力作用，包括地质构造运动所产生的地壳断陷、凹陷和沉陷等所产生的构造湖盆，经贮水而形成的湖泊称为构造湖。博斯腾湖在地质构造上为天山西褶皱带内部的凹陷区，属中生代断陷湖。所以博斯腾湖是构造湖。

造物主给了它水，也就给了它生命！风波浪起的时候，烟波浩渺，宛如沧海，漫卷的波涛不逊于任何大海扬起的雪浪花，风平的时候静如处子，波光潋滟不时泛起少女的娇羞。再看看大湖西侧星罗棋布的小湖，苇翠荷香，曲径幽深，湖水相通，萃草浓密，野莲成片，各种水禽栖息其间，也就是一幅生机盎然的人间仙境。

博斯腾湖古称"西海"，唐谓"鱼海"，北魏《水经注》称为敦薧浦。位于新疆东南部巴音郭楞蒙古自治州，与雪山、湖光、绿洲、沙漠、奇禽、异兽同生共荣，互相映衬，组成丰富多彩的风景画卷。

水域面积为一千六百四十六平方公里，是中国最大的内陆淡水湖。从历史走到今天，它的行政归属一直都在发生变化，谁都想拥有博斯腾。到了一九七一年，因湖建县设立了博湖县，水域面积占了全县面积近一半。主要景点有金沙滩海滨浴场、阿洪口旅游景区、莲花湖旅游度假村、扬水站、大河口、白鹭洲等。

汇入湖泊的河流主要来自西北的开都河、乌拉斯台河、黄水沟、清水河等等，穿铁门关峡谷，进入库尔勒地区，最后汇入罗布泊。

博斯腾湖是中国最大的有机鱼生产水域；是全国四大芦苇产区之一；湖内有全国最大的野生睡莲群，于二〇一四年被评为国家 AAAAA 级景区，二〇一七年，博斯腾湖湿地公园正式成为国家湿地公园。

二

　　博斯腾湖的春天要比节气里的"春"来得晚，地处天山脚下，她冰封的日子要更长一些。当南国已经洒下春风又绿江南岸的桃花春雨，而博斯腾湖可能还在冰融哺春，不时可以听到冰裂的咔嚓声。风来了是春，轻柔绵绵，如丝如棉。冰融了也是春，碧波粼粼，如锦如缎。正午的阳光铺满湖面的时候，那反射着金属般刺目的光，透着冬的凛冽，也含着春的温暖。"应知此地多佳景，半是寒冬半是春。"芦苇芽子已经露出了尖尖角，一场由纯净的天山雪水孕育的大地生命复苏即将开始。

　　到了人间四月天，万鸟翔集于博斯腾湖畔。世界各地飞来的天鹅、灰雁、红嘴鸭、白鹭、苍鹭、红嘴鸥等在内的数百余种珍稀鸟类在博斯腾湖嬉戏和繁衍，构成了一个万鸟闹春的缤纷世界，我不知道这种奇观在哪里能看到，更无法说清楚是一种什么样的诱惑让上百种鸟类齐聚这里，舞动了这个世界上最美丽的春天景象，动人的生命欢歌激活每个人的细胞，难道还有比这更惬意的生命体验嘛！

　　行万里路固然重要，但主要还是要看沿途的风景，如果此生不来一次春天里的博斯腾湖，那肯定不是一件很小的憾事。每个人终归慢慢变老，其实到了暮年，内心的灿烂依旧是难以释怀的往昔风景和那些风景里发生的故事。我们为什么要旅游，就是因为要建立人与自然的亲密关系，你所看到的沿途风景的总和是不是就构成了你的整个世界呢！

近年来，随着博斯腾湖生态环境的不断改善和各族群众保护野生动植物意识的不断提高，博斯腾湖野生鸟类品种和数量不断增加。博斯腾湖已成为鸟类迁徙途中停留、觅食、繁殖的天然场所，包括天鹅、白鹭、苍鹭等珍稀鸟类在内的鸟禽，每年都来到美丽的博斯腾湖繁衍生息。

三

在新疆，有水的地方就有生命。何况睡莲这种植物，只有坐水而生才能睡出姿容，仪态万方，为了找水历史上曾有过不少动人的传说。

博斯腾湖附近的山湾里有一位姑娘叫山里红，山溪水干涸的时候只得下山来找水。在一个尘雾弥漫的早晨，寻寻觅觅的山里红突然听到一个清脆的声音："你的眼睛真美"，就在她回眸的一刹那，只见博斯腾湖里跃起一条鱼看着她。那是一条美丽的鱼，他身上的鳞片就像天空那么蓝，他有一双温柔的眸子，他的声音也是那么清澈透明。

鱼对姑娘说，如果姑娘愿意常常来看他，让他看见她的眼睛，他就掬一把最甜的水给她，而且可以给她的山村送水。鱼儿的心灵和她的心灵一样纤尘不染。于是，山里红每天早晨都和鱼相会，鱼也履行着他的承诺。每一天，家人总会不停地追问水的来历，但姑娘只是笑而不答。

他们虽然隔水相望，但心有灵犀一点通。日久生情，姑娘发现自己爱上了鱼。炽热的情感与日俱增，眸子里的娇羞风情万种。鱼儿也是欢腾扑浪，对姑娘求婚希望成为自己的妻子。姑娘一脸绯红、含情脉脉答应了。于是鱼儿从湖里出来，到岸边拥抱了姑娘。他们就这样结为了夫妻。

终于，有一天村子里的人看到了他们相会的情景。他们认为鱼对姑娘使用了妖法。于是把姑娘关起来，又拿着刀叉、长枪来到河边，用他的妻子威胁他，诱骗他出水。在他现身的那一刻，他们下手了，鱼在绝望中死去。然后，人们抬着鱼的尸体凯旋。他们把鱼的尸体抛到山里红的脚下。

她凄怆的恸哭撼天动地，幻想着唤醒他寂灭的魂灵，然而一切都是徒劳。于是她抱起已经冰冷的鱼，义无反顾向湖边走去。心与心相随，灵魂与灵魂相拥，还有什么比爱着更有意义地生存呢!山里红就这样在人们诧异、猜忌的目光中和生命中的另一半鱼儿沉入了湖底。他们居然繁衍了后代，那就是今天的睡莲。

白睡莲、黄睡莲、红睡莲、蓝睡莲，博斯腾湖的八万亩野生睡莲啊！可以说在我国面积最大，世界罕见！

在古希腊、古罗马，睡莲与中国的荷花一样，被视为圣洁、美丽的化身，常被作供奉女神的祭品。在新约圣经中，也有"圣洁之物，出淤泥而不染"之说。在古埃及神话里，太阳是由荷花绽放诞生的，睡莲因此被奉为"神圣之花"，成为遍布古埃及的图腾，象征着"只有开始，不会幻灭"的祈福。

扬州的瘦西湖、南京莫愁湖、杭州新"曲院风荷"、湖南岳阳的团湖风景区、广东三水的荷花世界，都把睡莲作为专类，有的做成了大型主题公园。

睡莲是魅力的象征，灵悟浸染了睡莲的气质，异性难以抗拒，在爱情的问题上无论男女，都渴望对方更多地向自己示好，睡莲就是爱自己，因为自爱也就收获了更多的爱。

四

古代有一种芦苇方舟的传说,意思是生命的拯救者。

在博斯腾湖六十万亩芦苇荡里，只要你憧憬，就会写下壮丽的生命诗篇。

博斯腾的芦苇湖、相思湖的芦苇迷宫、楼兰一带的芦苇荡，加上孔雀河畔的芦苇，还有无以计数的芦苇秘境，构成了巴州文化旅游一道靓丽的风景线。芦苇把无垠的沙漠和珍贵的水扭结在了一起，由此滋生了我们的文明和现代生活。

芦苇柔韧、隐忍、茂盛而新鲜，虽不壮硕，却生机勃勃。没有一种植物像芦苇那样深深扎根于东方的血脉，可爱的博斯腾是它的栖息地，也是它葱茏的家园。是我们的荣光，也是我们的骄傲。

万顷芦苇倒映水中，渔歌橹声此起彼伏，无边无际的芦苇花在风中萧萧而鸣。斜阳晚照，一片片、一排排、一根根，甚至到每一片苇叶都被时光雕刻成了迷人的剪影。

中国艺术家在芦苇身上寄托了太深的美学情思。芦苇的线条之美让画家们心醉神迷，每个画家都有自己心中的芦苇画，错落的线条、健拔的造型、叶脉的肌理，和画家的内心相通，画芦苇的时候也是在画自己，值得付出一生的心血和努力。芦苇画、芦苇荡、芦苇湖、芦苇船共同构建了我们的芦苇乐园，也是我们挥之不去的审美世界。

芦苇饮水，水也饮它。在形与影、光与波的变幻中，芦苇与水渐渐融为一体。它的摇曳与其说顺从了风的吹拂，还不如说尊重了水波的起伏荡漾。摇曳是它内心的喜悦，这种喜悦何止传遍水面，它一直传向远方，和天边的云彩连成一片了。如果说博斯腾湖是大地的眼睛，芦苇就是睫毛了！作为群居植物，没有一种与人间的亲密比得上芦苇与芦苇之间的心无芥蒂、耳鬓厮磨、如胶似漆。

芦苇是美的象征，也是建筑材料，在巴州境内有太多古代文明的不朽就是芦苇捆绑叠压而成的。那些民居、古墓的惊世发现离不开芦苇，那些织品和实物也与芦苇相关。

在漫漫黄沙中穿越的公路，两边看到芦苇织成的方格，流动肆虐的沙漠就被这纤细的芦苇固化安适了，"死亡之海"里它也能活过来，它的吸水能力别的植物无法相比。"绿到天边不计程，苇塘从古断人行。"

在博斯腾湖上，你看到粼粼湖光反射到芦苇上，那白色的芦花在逆光里随波起伏，向天摇曳，排墙的苇秆弹奏出和谐动人的音乐。各种水鸟在芦苇丛中发出诱人的笑声，海鸥在天上飞，翅膀沾染了太阳的金光和湖水的蓝。让人感动得泪流满面的天地日月之精华，一幅袭古传今、流芳百世的山水画。

谁在博斯腾湖上看过日出谁就有福了。红霞漫天，水天一色，你分不清水在光里还是光在水中，苇子里的鸟鸣就像一支雄浑的交响乐，如果你是一个出色的指挥家，你就能听出各色鸟雀发出的不同声响。红彤彤的太阳跃出了芦苇荡，就像一个含羞的浴女，徐徐升向铺满锦缎的蔚蓝天空，整个苇湖金碧辉煌，就是我们渴望的人间圣境。

五

月光如水，思念如湖，每逢秋来看秋水。秋水在哪？在《诗经·蒹葭》的诗句里："蒹葭苍苍，白露为霜。所谓伊人，在水一方。""蒹葭"为何物？湖边一丛丛开着洁白花絮的芦苇是也！整个巴州有上百万亩芦苇，这是何等的秋天景象呀！

"落霞与孤鹜齐飞，秋水共长天一色"。博斯腾湖秋景盛宴更加丰盈而浓郁。但人们总是把秋天形容得萧瑟而悲壮，而博斯腾的秋天就像一幅重彩画，诗意而饱满，果实里凝聚着温暖，在心间里的芬芳其实也在血液里流淌。

"秋风起，蟹脚痒"。在博斯腾湖还能品尝到重阳佳肴——蟹。湖蟹好不好，就看水质清不清，再一点就是蟹背能否晒到阳光。博斯腾湖绝佳的水质和阳光，成就了天山虎蟹的品质，不仅个头大，而且蟹肉鲜嫩甜美，而那蟹黄的口感更是在你的味觉世界里长久地眷顾。

博斯腾湖也叫西海,一切海的感受或体验在博斯腾湖都能得到满足,说起博斯腾湖的海滩更有自己独到的特质,沙粒的造型能力非常强,如果你拿着小铲就可以在沙滩上雕塑你心中的愿望。博斯腾湖得天独厚的自然条件造就了一处黄沙碧"海"的神奇景观。自然是伟大的,生命是有限而短暂的。秋高气爽时节,何不如庄子般站在浩浩荡荡的湖边,看开阔的水面烟波浩渺,望水鸟与远处的云霞结伴而飞,将所有的烦恼都一扫而光。

择一处静谧的小屋,推开窗棂,敞开心扉,遥望繁星,思念之心油然萌发。让我想起刘禹锡的《秋词》:自古逢秋悲寂寥,我言秋日胜春朝。晴空一鹤排云上,便引诗情到碧霄。秋水之境,聚思成文,轻抚键盘的指缝间,流淌着永远挥不去的春花秋雨,壮怀激烈。这思念是生命与生命的美丽相遇,灵魂与灵魂的厮缠相守。晨昏望不断的回忆,尽在望穿的秋水绵绵中。

我爱博斯腾湖的秋高气爽,是因芦苇花一簇簇、一丛丛,散发的芬芳向天而去,飘逸的轻盈无拘无束,显得高洁而素雅。远远望去,仿佛给博斯腾湖戴上了一条银色的哈达,它随风飘动,随遇而安,无色无香,蜂蝶远离,却怡然自得,诉说着生命的滋养,守望着内心的宁静和高雅。唯有秋季,才能把平淡的湖水演绎得五彩缤纷，诗情画意，唯有秋水，才能把行将凋零的万物润泽出一片清新，虽无法延阻容颜的逝去，却足以把希望的种子孕育在落寂的大地里。

那达慕大会是巴音郭楞蒙古族的交游节日，元代成吉思汗征服了花剌子模，在新疆举行了那达慕大会，会上举行了射箭比赛。到明清两代举行那达慕大会有赛马、射箭、摔跤、下棋、歌舞等。随着时代的演进又增加赛牦牛、田径、球类比赛、放映电影、戏剧观摩等精彩纷呈的内容。草原的牧民穿着节日的盛装，临时架起蒙古包错落有致地分布在博斯，居住在县城、首府、京城等大城市的群众也专程赶到故乡参加那达慕大会，各单位互相联欢，各个蒙古包相邀做客，敬酒祝愿，载歌载舞，共庆佳节，既反映了巴音郭楞人民的文化特点，又与当代生活相结合，日益受到全州、全疆各族人民的喜爱。

六

走过浓郁的晚秋，步入玉树琼枝，博斯腾湖面千里冰封，银装素裹，分外妖娆。唐朝时，博斯腾湖被称为"鱼湖"，如今，博斯腾湖是中国最大的有机鱼生产水域。

湖里的鱼类经过春殖、夏长、秋壮，到了冬天就是起网捕捞的最佳时节了！这也是博斯腾湖渔家最繁忙的季节。所谓"三季靠一冬"，冬捕是博斯腾湖渔家最繁忙也是最欢乐的收获时光。

冬捕仪式一般都是在著名的大河口景区举行，身着原始古朴、粗犷夸张服饰的萨满们，戴着萨满扮相的面具，自有一种让人敬畏的仪态，在悠长而又激烈的击鼓声伴随下，随着主祭人喊出"拜山拜水拜湖神，敬天敬地敬太阳"，传统而神秘的"拜请湖神"仪式就开始了，萨满们跳着萨满舞，围着中心区域边跳边发出激越的声音。主祭人用虔诚而厚重的声调诵读："沧海茫茫，开都荡荡，千里冰湖，瑞雪吉祥，层层冰花，闪动神光，万众心诚，贡品奉上。美哉博斯腾湖，壮哉博斯腾湖。物华天宝，惠赐宝藏，万顷水域，渔业兴旺，千秋万载，恩泽家帮，博湖子民，永世不忘，今日又聚，再拜湖神。把酒向天，再拜再祭，万物生灵，繁衍永续，佑我黎民，寿福安康。"

渔把头诵读完祭湖词后，一群身着翻毛大衣和长筒水靴的渔家壮汉们，拖着巨网开始转起圈来。"醒网"祭祀是博斯腾湖特有的一种祭祀，认为冬季捕鱼用的渔网已经在仓库存放多时，渔网上附着的神灵已经沉睡，需要通过祭祀唤醒沉睡的巨网，以求鱼虾满舱。醒网完毕后，壮汉们喝了壮行酒，开始出发前去冬捕，这时，身着艳丽蒙古族服饰的男女老少们齐声唱起了长调，表达他们期盼"鱼儿满舱欢笑多"的心情。

经过祭湖神、醒网、壮行三道仪式，渔民拉着巨网走进博斯腾湖捕鱼，百余名蒙古族牧民手捧洁白的哈达，唱着蒙古族长调欢送渔民出湖，湖面上再现了神秘的古代渔猎盛景。日出而作，渔民迎着日出捕鱼。一只小船一轮日，构成了一幅美丽的画卷。

博斯腾湖湖群密集，分布有大小不等的十六个小型湖泊，是新疆重要的渔业生产基地。博斯腾湖具有较丰富的饵料资源，具有适合多种鱼类生存繁殖的环境。湖中有三十多个鱼类品种，主要有池沼公鱼、赤鲈、鲢鱼、鳙鱼、鲤鱼、鲫鱼等品种，年捕捞量在五千吨左右。沿湖周边已形成五千亩的水产养殖开发带，主要从事螃蟹、南美白对虾、云斑鱼回等名特优水产品养殖。博斯腾湖出产的鲢鱼、鳙鱼、鲤鱼、池沼公鱼、河虾、河鲈、鲫鱼、乌鳢、草鱼九个水产品种通过了国家有机食品认证委员会的评审认证，认证范围为一百五十万亩，博斯腾湖成为全国最大的有机鱼生产水面。

湖里的鱼除生产捕捞供应市场和满足游人品尝之外，还可垂钓，是钓鱼爱好者理想的垂钓场所。

要想品尝博斯腾湖鱼最地道的风味，必须用博斯腾湖纯净的湖水来炖湖鱼，这样，鱼汤与鱼肉才能熬出最佳的味道。试想一下，你有这个口福吗？

飞越历史的天空

一

一九六四年十月十六日下午三时，在被称为"死亡之海"的新疆巴州罗布泊腹地，一团原子核裂变的蘑菇云腾空而起，中国第一颗原子弹爆炸成功！这则消息由中国总理周恩来经请示毛泽东主席同意，亲自审核，《人民日报》、新华社、中央人民广播电台发布。飞越历史的天空，美苏乃至整个世界为之震撼！

当蘑菇云在慢慢消散的时候，世界格局已经在悄然改变。自从中国有了原子弹，在风云际会的世界外交舞台上，中国的角色变了。人们不得不以惊愕的目光重新审视这位已经站起来的东方巨人。

儒雅倜傥的外交风度当然是需要的，但是弱国无外交的论断就是一种无法改变的铁律。中国进入核大国，

71

中国人民不仅仅是站起来了，而且也可以挺直腰杆说"不"了。

中国原子弹的摇篮在哪里？在新疆巴州马兰。

二

马兰基地位于中国面积最大的州——新疆巴音郭楞蒙古自治州。该州面积四十七万平方公里，相当于四个浙江省，比英国的面积还大。整个马兰核武器试验场的面积十万多平方公里，在闻名世界的死亡之海罗布泊的西端，相当于一个江苏省的面积，是中国唯一的核试验基地，主要担负我国核试验（实验）的组织指挥、理论研究、测试分析、工程技术和勤务保障等任务。

这片奇幻的土地自古以来就吸引了全世界的目光，从楼兰历史纵向追根溯源，最早的时候或许是欧罗巴人来到了这里，用一种吐火罗文字和语言在交流。从汉朝开始，汉王朝对西域实施管辖，一个重要的责任就是保障丝绸之路的畅通。罗布泊岸边的楼兰，汇聚了世界上几乎所有的古老文明，而在唐朝以前的一百多年突然从地球上消失了。人类的目光一直都在追寻、研究、缅怀、凭吊这段历史。

飞越历史的天空，谁又能想到沉睡了几个世纪的罗布泊腹地静悄悄的一声炸响，升起了一朵蘑菇云，从此改变了中国的命运！从横向来看，全世界的核试基地，无论从任何一个角度考量，中国的选择都是最佳的。

原子弹的爆点与研究基地马兰还有三百多公里的路程，这个距离如果在内地是一段相当不近的路，而在华夏第一州巴州也就显得不那么遥远了。

我们到红山脚下的马兰基地是一个午后，阳光在山峦湖水的反照下有些炫目。在一片山峦的臂弯里，红山、平湖、马兰花，溪水、洞穴、将军楼。从现在的眼光来看，是一片绝佳的度假胜地，这样的圣地叠加在原子弹的研究基地上，由此而迸发出的文化旅游效应也就可想而知了。

它距离我国最大的高山淡水湖泊博斯腾湖很近，焉耆盆地的温湿气候同样润泽着这方水土。扶摇几千年，展翅几万里，这个地方就是为孕育原子弹而生的，中国决策者的文韬武略和足智多谋在这儿得到了完美呈现和发挥。

三

张蕴钰将军是共和国第一任核司令，我国核武器试验基地创始人之一，在马兰基地隐姓埋名十三年，直接领导了我国第一颗原子弹、第一颗氢弹和多次空爆、地下核试验工作。将自己人生最精彩的篇章书写在了被称为"死亡之海"的土地上，是中国人民扬眉吐气的功臣。

新中国成立初期，为了打破帝国主义的核垄断、核讹诈、核威胁，一批批科技精英、一支支英雄部队受到祖国召唤汇聚起来，开始了核试验场地的选址工作。

张蕴钰是朝鲜战场上甘岭战役的兵团参谋长，经陈赓大将推荐担任首任核司令。在选址问题上，最初苏联顾问有个设计方案，只是个两万吨 TNT 当量的原子弹。张蕴钰看了这个方案后十分震惊，当时美国在比基尼岛已经试验一千五百万吨 TNT 当量的氢弹了。经过实地考察和调研，否定了原来的选址，他说这个两万吨的方案支撑不了一个六万万人的民族，提出了重新选址的请求。衣带渐宽终不悔，为伊消得人憔悴。最终北京高层采纳了张蕴钰的意见，选择了"上无飞鸟，下无走兽，遍望极目，唯以死人骷骨为标志耳"的罗布泊地区作为核试验基地。这片令人生畏的"死亡之海"，不正是张蕴钰将军刻意寻找的"风水宝地"吗？

一九五九年三月十三日，国防部、总参谋部正式批准罗布泊为核试验基地。作为核基地的司令员张蕴钰也正式踏上了艰难的创业之路。

五万大军开进罗布泊，这是继王震将军部队入疆之后，新中国历史上军队又一次大规模开赴西北边陲的非凡壮举。不闻连天号角，没有金戈铁马，从硝烟战火中走来的军人将在千百年前经历过血与火浇铸的古战场上，静静地拉开铸造核盾牌的序幕。

万古荒原本来就没有路，所有的地形几乎一个模样，时刻都有失踪的危险。一天，张司令乘车外出勘察竟迷失了方向，怎么也找不到回家的路。以不变应万变，在一棵古树下把车门关紧睡着了，直到第二天凌晨才找到张司令，张司令竟诙谐地说："昨天晚上，戈壁老风婆突然降临，非要逗我上西天。走着走着，孙悟空悄悄送我一枚原子弹。我擎起原子弹冲着风婆大吼一声：快滚开！你可知道我这宝贝的厉害。你们猜怎么样？老风婆一见我手中有了新式武器，马上变软了，还一直向我表示友好呢！"司令员的幽默讲得众人破涕为笑。

赫鲁晓夫单方面撕毁合同，撤走援华全部专家，反华恶浪也扑到了罗布泊，给原子弹的研究制造带来了难以想象的困难。"死了张屠夫，不吃带毛的猪。"以毛泽东为核心的党中央果断决策，走艰苦奋斗自力更生之路。

就这样，五万大军在张蕴钰的带领下历尽千辛万苦，终于在一九六三年完成了核试验的所有建设，只等与神弹拥抱的那一刻。

一九六四年十月十六日在罗布泊，原子弹被托举到百米高塔上，当张蕴钰手握那启动核爆炸金钥匙的时候，心里想的就是：总有一天，全世界能够全面禁止核试验并彻底销毁核武器。

四

迎着山谷风我们拾级而上，在红山脚下，沿着一条毛绳似的小路，绕过几个起伏的山冈，走进了山背面一个相当隐蔽的隧道掩体内。

回首一下六十年代初，我国正处在三年困难时期，又不可能有大型机械施工，只有靠战士的血肉之躯向山体掘进，可想而知，当初开掘这条掩体要付出何等代价。

为了原子弹，甘洒热血写春秋。在这山洞里用血肉之躯一点点向山体掘进的，也就是二十岁上下的战士，他们的父母并不知道他们去了哪里，干什么去了！他们的付出更是不为世人所知晓，历史的时空把它载入到今天，我们应该品嚼出怎样的含义呢！

在马兰墓地安卧的三百多个亡灵，不知道有多少生命是为了这条隐蔽隧道而安息的。在这片孕育了原子弹的土地上，人的生命显得格外顽强。为了和平的原野，为了原子弹，为了我们这个民族的尊严。

穿行在这条隧道里，两侧有近二十个独立的洞窟，每个洞穴有一般酒店标间那么大，另有两个更大一些的空间，一个是作战指挥室，一个是弹药库。整个隐蔽工程还是发生特别情况时避险的安全地带。也就是说一旦地面遭遇敌情或不测，可迅速转移地下不中断地进行原子弹的研究与开发。

置身于这偏荒清冷的隐蔽工程，踌躇在这用生命雕刻的时光隧道，触摸着那一块块浸着血泪坚实无言的顽石，抑制不住内心涌起的热血奔流，就凭借着它是原子弹的摇篮，我们应该让它怎样走进时代，走进人们的视野，它的当下意义究竟有多大？我们应当怎样告诉未来！

北京巅峰智业的规划师告诉我，现在洞穴旅游是一种新的时尚，时常也是需要内容作支撑的，原子弹的摇篮具有唯一性，开发旅游产品具有无可比拟的优势。什么叫红色旅游，什么是洞穴旅游，永恒的精神高地是别的任何一个地方难以企及的。一个民族的复兴，需要强大的精神力量来支撑，这个中国原子弹的摇篮就蕴含了这样一种顽石一般的精神力量，是珍贵的精神财富。

虽然它的隐蔽性和神秘感已经消失了，但它的灵魂一直就在，那些长眠于地下的亡灵不但不应该被我们忽略，我们应该有这个能力复活一页不朽的历史，如果一个人能到原子弹的摇篮经受这样的精神洗礼，洗尽纤尘再出发，将是一股多么强劲的力量呀！

五

　　红山军博园旧址主要建筑有司令部、政治部及配套的家属楼、将军楼等，各类建筑总面积达八万多平方米，占地面积二点三平方公里。当年聂荣臻元帅及中央首长下榻的招待所保存完好。将军楼第一栋是当年张蕴钰和常勇中将长期居住的地方，第二栋是张爱萍大将的居所。我国两弹元勋邓稼先，英国爱丁堡大学才子程开甲、王淦昌等一大批专家都曾在这里居住过。从这里诞生了二十二位将军和六位中科院院士，因此被称为将军楼。

　　将军楼人去楼空，荒疏而显清寂，但他们英灵就在这里。如果能够征集一些文物，还原原真本貌，对于历史和现实都是极有意义的。

　　中国核武器研发，一个横刀立马的人物就是程开甲。他从江泽民、胡锦涛、习近平总书记手中多次接过荣誉证书，获"两弹一星"功勋奖章，国家最高科学技术奖。二〇一七年七月二十八日，中央军委主席习近平签署命令：授予程开甲同志"八一勋章"。

一九六〇年参加原子弹研究，一九六二年到国防科工委核试验基地研究所所长，从此在不为外界所知的情况下在马兰工作二十多年。一九七七年任基地副司令兼研究所所长，成为我国核武器事业的开拓者。他在核武器内耗理论、双带理论、核试验、抗辐射加固、超硬材料等领域著作等身，做出了重要贡献。

程开甲从一九六三年踏进罗布泊到一九八五年，一直生活在核试验基地，为开创中国核武器研究和核试验事业，倾注了全部的心血和才智。程开甲在二十多年中主持决策、直接从事核试验及测试的全局技术工作和研究，解决难以计数的关键技术难题。

程开甲成功地设计和主持包括首次原子弹、氢弹，导弹核武器、平洞、竖井和增强型原子弹在内的几十次试验。程开甲是中国指挥核试验次数最多的科学家，人们称为程开甲是"核司令"。

在首次地下核试验爆炸成功后，为了掌握地下核爆炸各方面的第一手材料，程开甲和朱光亚等科学家决定进入地下爆心去考察。这在中国还是开天辟地第一次，谁也说不清洞里辐射的剂量，其危险可想而知。但程开甲经过细心设计，认为采取多种防护措施后可以进入。他们在刚刚开挖的直径只有八十厘米的小管洞中匍匐爬行，最后进到爆炸形成的一个巨大空间。洞里温度很高，科学家们忙得汗流浃背，把所有考察工作做完，取得了中国地下核试验现象学的第一手资料。

惊天动地的蘑菇云就是这种沉默、静谧和隐蔽的力量凝结而成的。有的人，为什么灵魂不朽，就是因为他和一件伟大的事件紧密联系在一起了！程开甲二〇一八年十一月十七日上午在北京去世，享年一百零一岁。

六

共和国的领袖们深知：如果我们要消灭核武器，首先要拥有核武器。由于核试验任务极其复杂，牵扯面广，有时还需要依靠马兰基地和所有相关单位的大联合、大协作。

在第一次核试验前，如何将核弹从生产场地安全而秘密地运送到核试验基地，是一个棘手的问题。核弹生产场地与试验场地距离长达千里，在运输过程中可能会出现各种意想不到的问题。为加强对安全保密工作的领导，在中央专委、国务院和国防科委的领导下，由公安部和当时的总政保卫部联合成立了核试验安全保卫保密联合办公室。核弹运送专列沿途和到达乌鲁木齐后的警卫部署都是按照国家最高元首级标准保障的。当专列到站后，新疆军区派了三层警卫力量，内层三十米左右一岗，相关领导及工作人员只有佩戴证件才能靠近专列。

一九六四年十月十四日，硕大的原子弹被稳稳当当地吊升到爆心铁塔的顶端，静静地等待震惊世界的引爆。总指挥张爱萍代表中央军委、国防部庄严宣布核试验准时进行。

七

防化营是在原子弹或氢弹爆炸后，按编制分乘汽车、摩托车和装甲车在第一时间冲向爆心，及时收回试验仪器并带回狗和兔子等实验动物。为了能够熟练地取样和采集数据，实弹实验前，战士们每天穿着脚裤连为一体的胶皮防护服，头戴酷似象鼻子的防毒面具，进行模拟训练。有的战士闻到胶皮味就恶心，来不及摘下面具就吐了，吐出来的秽物堵住了通气活门，只好摘下面具甩甩再戴上苦练。

夏季的戈壁滩气温高达四十三摄氏度，埋下的鸡蛋十分钟便可食用。每次演练下来，密不透风的防护服便可以倒出半面盆水。实验场风大惊人，每逢春秋季，刮十级的大风已司空见惯，帐篷刚刚支好便被大风掀翻，后来就住在半地下的干打垒地窝子里。

八

在位于马兰生活区西侧的烈士陵园，长眠着三百七十八名为核试验和基地建设献身的科学家、军人、职工和家属。纪念碑上镌刻的碑文这样写着：安葬在这里的人们，是为创造惊天动地事业而献身的一群中华民族的优秀儿女。他们来自大江南北、长城内外，靠着对国防科技事业的一片赤诚之心，有的在试验场壮烈牺牲，有的在建设基地中以身殉职，有的在平凡的岗位上积劳成疾悄然离世，还有的是为支持这项事业而长眠在这里的父老妻儿……

陵园的入口伫立着一座由"两弹之父"周光亚题写的纪念碑。这里埋葬的是在马兰核试验基地牺牲的人。很多两弹元勋和历任司令员的骨灰，也都留在了马兰烈士陵园里。

当年牺牲的解放军官兵、科技工作者也是那样昂扬向上、风华正茂，也有自己美好的梦想，也曾憧憬着美好的生活。他们的人生虽然短暂，却用自己年轻的身躯铸就了共和国强盛的道路，用生命的光辉延续中华复兴的希望。试想一下，如果我们现在没有核武器，复兴中华民族的伟大梦想又从何谈起呢！

爬上上百吨钢铁构成的马兰花顶端，看到红山背后铺满了漫天的红霞，这血色江山虽然没有青绿山水那样赏心悦目，但是，共和国如果没有这样的血性儿女甘愿血染山河，又怎么可能有蘑菇云的腾空而起呢！共和国不会忘记，历史不会忘记。历史在这里沉思，历史在这里飞越！

如果你喜欢放声歌唱，那你就呐喊吧！只要有灵魂震撼的地方一定是中华民族优秀儿女甘愿献出生命的地方！"醉卧沙场君莫笑，古来征战几人回。""人生自古谁无死，留取丹心照汗青。"相信马兰基地上空，会永远回荡着中华民族英雄儿女的精神长歌！

九

一九九六年七月三十日起，中国宣布暂停核试验。

马兰人用成百吨的钢铁铸造了一朵马兰花，它的一根枝叶就像一座宝塔，你可以钻到里面沿着螺旋式的阶梯一直往上爬，盘到顶部你就会有种"山高人为峰，一览众山小"的感觉。毛泽东、周恩来、张爱萍、程开甲等一代优秀的中华儿女的原子弹梦想，就是在这片山谷里升腾起来的。曾记否，几万优秀中华儿女从祖国的四面八方云集在这里，隐姓埋名，就是为了

天鹅飞过大地

实现一个核武梦！

　　人的一辈子总是会和花有着千丝万缕的联系，而在我所见过的花中，从来没有一种花像马兰一样耐得住恶劣环境最残酷的摧折，它的根茎和花蕊外表婀娜柔美但内质粗粝劲韧。在大西北广阔的原野上，它秉持着高贵的节操，幽雅地释放着淡香，虽然没有牡丹那么华贵，也没有水仙那么娇嫩，但它却默默地坚守和奉献使百花争艳的春天更加绚丽和华彩纷披。

　　山谷风轻轻吹袭，静悄悄马兰花开。在这片血染的红山脚下，共和国的夙愿、科学家的智慧、将士们的忠贞共同铸就了腾空而起的蘑菇云！在新时代迸发的巨大洪流中，马兰基地绝不会置身世外，它所蕴含的精神力量，依然是我们这个伟大时代的雄浑交响，不废江河万古流，中国原子弹的摇篮，虽然原子弹不造了，但作为特定时代的这片凝聚了中华民族梦想的土地如同江河行地，日月同辉，光照千秋。

　　平沙莽莽黄入天，英雄埋名五十年。愿为事业献青春，献了青春献终身，献了终身献子孙。这是马兰基地广大官兵和科技工作者平淡而辉煌的人生三部曲。

　　曾有作家这样描述马兰人：他们的成就震撼了世界，而他们自己甘愿默默无闻；他们以毕生的青春、智慧、热血培育出丰硕成果，却从不炫耀自己的花朵。

　　历史如镜，丰碑不朽，精神永存。马兰英雄的名字必将彪炳史册，再励后人。中华民族昂扬奋起的脚步，一定能够跨过千山万壑，谱写最伟大的时代交响。

　　共和国的历史丰碑上永远镌刻着他们不朽的名字。我们相信，我们制造核武器是为了最终消灭核武器。不论历史将怎样书写，红山做证，马兰不朽。作为原子弹的摇篮，这里诞生了最伟大、最高贵、最睿智的人类精神。

胡人李白出生地，
富硒天赐焉耆红

一

"焉耆"这两个字很难认，就是一些高知也都容易把它念错，它不像"楼兰"那样一下就把人们的审美心理调动起来，不但好认、有韵味而且有种迷梦一样的美感。"焉耆"这两个字的语意更是不好揣摩，理解起来有点怪异，捕捉不到深入的点，更想象不出它的边界。这也许就是焉耆的特质所在吧！

就地域名称的使用而言，它是独一无二的，它是西域三十六国、唐代安西四镇中的一个重镇，也是唯一把几千年历史贯通，沿用了几千年时至今日还在使用的地名：新疆巴音郭楞蒙古自治州焉耆回族自治县。

初春时节，我们在焉耆大地徜徉，县委宣传部的张静女士告诉我：焉耆的"焉"是一个象形字，意思是头顶华贵羽毛的大鸟，下面四点代表了鸟的爪子！而"耆"字原本是"气候温暖，幸福家园"的意思。现在的"耆"字则是个变形字，随着岁月的流变，已经和它原来的本意渐行渐远了。也就是说你要理解这个字，你得绕到别的字上去才能理解它的本意。这样浪漫而湿润的寓意也许就是焉耆纷披历史而来、驾时代长风昂扬奋飞的缘由吧！

二

在这片古老的大地，我常想，丝绸之路为什么开通？翻开中国地图，东方面对波涛汹涌的太平洋，北面是浩瀚无垠的大漠，西南这边是世界屋脊青藏高原。中华文明作为一种有容乃大的包容文化自先秦开始，就与西域的各少数民族有广泛联系，上到朝廷下到信奉儒家哲学"修身、齐家、治国、平天下"的中华儿女，理想抱负自然就放到经略西域上了，放到连接欧亚大陆的丝绸之路上了。丝绸之路是一条商贸的导管，也是一条文化和民族的导管。汉武帝派张骞出使西域，将西域纳入中央王朝管辖，寻求统一、民族团结始终是中华儿女的最高理想。而大唐经略西域、设安西四镇，焉耆更是扮演了重要的角色。张骞、班超、玄奘、李白等一系列彪炳史册的人物都因为丝绸之路与焉耆有着千丝万缕的联系。

焉耆是作为"西域三十六国"始创就蜚声中原大地的古老城邦，确实有着迷人的魅力，也扮演过重要的角色。焉耆境内的博格达沁古城就是焉耆碎叶留给后人凭吊的恢宏遗址。

<h1 style="text-align:center">三</h1>

唐朝有两个碎叶，一个是焉耆碎叶，一个是中亚碎叶。陈寅恪先生认为李白是"西域胡人"之说已经被史学界所认可，而究竟是西域什么地方，却是仁者见仁，智者见智。郭沫若提出的李白出生在中亚碎叶一带，这个说法被一些史学家所否定。学者李从军认为："李白出生地不在中亚碎叶，而是焉耆碎叶"。他还写了一部《李白考艺录》，以翔实的史实令人信服地解读了这件事情。

焉耆碎叶是焉耆都督府辖地，有史可证。《新唐书·地理志》载："焉耆都督府，贞观十八年（644）置，有碎叶城"。焉耆碎叶作为李白出生地的可能是不能被排除的。焉耆碎叶在《新唐书·地理志》《新唐书·西域传》

都有详细的记载。"焉耆碎叶城正当西域要冲之地，须加强防守设施，以备不测。筑四面十二门，为屈曲隐出伏没之状"，这样更利于镇守罢了。

李白诗中的葱河与天山之间，地望相接，而焉耆紧傍博斯腾湖。因此，李白诗中的条支海，当然就是博斯腾湖（西海）或罗布泊（蒲昌海）。条支地望，当然包括焉耆碎叶一带。我不是研究历史也不是考古的，看了一些资料，中亚碎叶也好，焉耆碎叶也好，均在唐朝版图之内，这是没有疑问的。

李白的祖父是皇室家族成员，因参与谋反而被斩杀。李白的父亲李客幼年便逃往西域一带，为避免追捕而隐姓埋名，后又成家生子。神龙元年，中宗复位，李白的父亲怀着侥幸心理携家返回中原，因罪仍未被赦，又潜还蜀地绵州昌隆，藏身埋名。正是因为李白的家世有这么一段遭遇，所以李白诗文中尽管给妻、儿的诗累篇，但对祖父却一直是讳莫如深。这种隐疼就像一座压在心头的坟，压抑背后喷薄而出的狂狷和激越又是常人无法企及的。

李白是唐宗室的后裔，但是，同时他又是一个因"谋逆"而被杀、被流放罪人的子孙。这种双重对立的因素造成了李白双重矛盾的性格和叛逆精神。这种貌似堂皇而实为屈辱的家世，始终压抑着一个高傲的灵魂。

四

从李白留给我们的遗产来看,他是西域人应该是没有什么问题的,他的血脉里面流淌着胡人的血,否则他也写不出独领风骚、高山仰止的浪漫主义诗篇。李白一生好酒,他给我们留下以《将进酒》为代表的关于酒的诗篇,是中国酒文化的巅峰之作,可以说前无古人,后无来者。我们今天想象一下,如果没有李白关于酒的诗,中国酒文化的面貌可能就不是现在这个样子。唯独有偶,焉耆又是世界上一个最佳的产酒地方,它所蕴含的酿酒能量一旦得以释放,肯定令世界刮目相看。

李白诗中写"天山""楼兰"的文字多次出现:"五月天山雪,无花只有寒。笛中闻折柳,春色未曾看。""晓战随金鼓,宵眠抱玉鞍。愿将腰下剑,直为斩楼兰。"与这片土地的关联是显而易见的。特别是李白的气质和焉耆这方水土有着深厚的渊源。

面对冰川、瀚海、戈壁苍茫,他们摒弃了千百年来戎马行军的哀苦凄楚,唱起了慷慨激昂的边塞之歌。不仅形成一个遒劲奔放的流派,也形成了一种投身边塞的时代风尚。"明月出天山,苍茫云海间。长风几万里,吹度玉门关。"李白这首写西域的诗以它苍凉雄浑的格调和深远壮阔的意境使得人们千年以来传诵不已,浩荡纵横、傲岸不群的浪漫气质和侠义精神,也是中华民族爱国主义精神的象征。李白写酒的诗和边塞诗作为浪漫主义诗仙的最高境界成就了整个唐朝的文化高度。

焉耆盆地和法国的波尔多在同一个纬度上,阳光的格外眷顾才使它能够酿成世界上最好的葡萄美酒。我看过一个电视剧,剧情是在唐王朝的一个国宴上,杨贵妃品了手里的葡萄美酒感到很是惊诧:"如此上佳美酒产于何处?"李白恭维地说:"只有西域的那片天才能酿出这样的葡萄美酒。"李白是诗仙,更是情圣:"云想衣裳花想容,春风拂槛露华浓。若非群玉山头见,会向瑶台月下逢"。把杨贵妃的美写到了极致,而皇帝的那些下人们,包括杨贵妃的哥哥杨国忠,可能就没有这样的待遇了。

东西南北疆,焉耆在中央。在这条连接欧洲的丝绸之路上,从自然地理、交通气候等诸多方面,焉耆扮演着一个重要角色。无论是从帕米尔还是从天山方向来的各色人马都会把焉耆作为一个重要驿站,让身心在这儿放松,让文明在这儿交汇。

李白以及众多的边塞诗人,他们的这些诗篇确实能够激励起人们爱国捐躯的情感。尤其令人感动的是,在西域这片辽阔的土地上,仿佛连家庭神圣的脉脉情纱也被扯断了:"玉关殊未入,少妇莫长嗟。"这种高贵的精神绝唱，一直回荡在中华儿女的血脉之中。"葡萄美酒夜光杯，欲饮琵琶马上催。醉卧沙场君莫笑，古来征战几人回？"唐朝诗人王翰诗里的酒固然有它的文化品性，但更是一种情感的燃料和加速器，催生心灵释放出思接千载的万丈豪情。

五

就像一棵树，李白是从焉耆碎叶这片土地上生长起来了，无论他后来长成什么样子，西北的基因是挥之不去的。西域乐舞的双向环流成就了唐代乐舞的高峰，同时也对唐诗宋词元曲的创作产生很大影响。

纵观李白诗歌的全貌，涉及西域风的就有四十五首之多，他对焉耆、龟兹这一带的向往、喜爱，寄寓着对边疆民族气质的欣赏与赞叹以及对边塞安定统一的向往。终其一生，西域这片犷悍的土地是他挥洒浪漫主义情怀、展现生命跃动和美感的雄浑舞台。无论他以后游历了多少壮美山河，写出了多少脍炙人口的诗篇，这片雄浑的土地都是他精神气质的原动力。是西域乐舞流进了他的诗里还是他的诗融入了乐舞里，两端互动谁又能断定哪个流向更主要呢！

中国文化如果没有李白，浪漫的程度也许就达不到现在这样一个阶段。李白的诗歌中，羌笛声或凄迷或委婉时有出现。《观胡人吹笛》《情溪半夜闻笛》《与史郎中钦听黄鹤楼上吹笛》《司马将军歌》等。

西域乐曲也从大唐传到西域，不仅是形式上的文化融合，它与中原传统的人文情怀也紧紧相连。李白作品中的西域乐舞场众多，如伏拜祝千岁寿、周舍为之辞，描写西域胡人进献祝寿之乐舞情景的《上云乐》、描写西北边疆少数民族舞蹈的《东山吟》以及描写当坊笑春风之胡姬的《前有一樽酒行二首》。

唐代大曲，以西域大曲为主，是胡汉融合而成的新型乐舞形式。这种节奏在李白的诗歌中也表现得十分显著。著名的《蜀道难》一诗就是这样。从结构布局上来看，此诗像一曲宏伟的交响乐，结构完整又富有变化：既有主调，又有变奏；既有丰富多彩的变化，又有主题的一气贯通。它节奏鲜明，灵活多变，极富有音乐舞蹈流转变化的动态感。

中原乐舞由于受儒家美学影响，讲究音律平和的中庸美，而西域乐舞则不同。西域乐舞的激情和痴狂、矫健和奔放，与中原传统欣赏模式形成鲜明对比，适应了汉民族艺术审美追求，因而胡风大盛，西域乐舞在中原迅速流行。

飞跃流动，格外注重旋转、跳跃，时而含情娇媚，时而粗犷奔放，在律动中展现风情万种。用一句简单的话来说，就是诗歌形象的飞跃感，或者说是流动感。例如《望庐山瀑布二首》其一。全诗气势奔流直下，飞扬激荡，代表了诗人内心壮阔的想象与夸张，恰与西域乐舞中飞跃旋转的特色高度吻合。

唐代在西域设立安西四镇对西域实施管辖。西域乐舞传入长安刮起西域乐舞雄风。至于说到安西四镇哪个镇的贡献更大一些，谁又能权衡出一个准确的比例呢！焉耆作为一个从西汉时起就沿用的地域名称，这方古老的土地对中华文明的贡献是显而易见的，况且还有最浪漫的诗人李白为焉耆背书。

六

如果要说到焉耆县如今最有影响力的文化形式，那就要数焉耆"花儿"了！据焉耆县志记载，早在康、乾时期，就有部分陕甘回族随军入疆，清政府在"屯兵戍边"的同时，实行"移民实边"方略。自嘉庆至咸丰的六十余年中，从陕甘一带有大批的回民迁居焉耆。同时也带来了回民独有的文化，而"花儿"文化与当地文化的融合发展，使"花儿"文化有了越来越强的生命力。

光绪二十九年（1903），焉耆知府刘嘉德将他们迁到开都河南岸水草肥美的马场台（焉耆城南）。民国17年（1928），甘肃固原地区回族新老教派有些人流入焉耆定居。民国22年（1933），随马仲英入疆的回族兵，部分居住在焉耆。民国28年（1939），甘肃固原发生大地震，有不少固原回民来焉耆寻亲落户。国民党军队入疆后，有不少开小差和被裁减的回民官兵也在焉耆落户。新中国成立后，更有不少甘肃、青海和宁夏的回民寻亲访友，来此落户。

　　焉耆回民的到来不仅给焉耆的经济带来了繁荣。同时也带来了当地的地方方言及大量的民间歌曲。特别是回民喜欢的"花儿"从全国各地汇聚于此，呈现出流派众多、风格迥异、内容丰富、形式多样的局面。流传于焉耆的回族民间歌曲主要有三大类。一是从青海、甘肃、宁夏等地传入的回族花儿。二是流传于陕西等省区的民间歌曲及眉户剧、碗碗腔等，焉耆回民继承了其优秀的部分，又有了新的发展，融进了与回族有关的内容。三是流传西北各省、区的一些宴席曲，这些回族民歌传入焉耆后，又经过数百年以来的传唱和再创造，融进了焉耆特有的一些内容和形式，形成了具有焉耆回族风格的民间歌曲。新疆"花儿"不但是焉耆回族人民酷爱的民间艺术，而且深受各个民族兄弟的喜欢，新疆"花儿"不但唱红了开都河两岸，还走出了国门，唱到了国外，已经成为中华民族中一枝艳丽的奇葩。

　　焉耆的名字是古老的同时又是包容的、海纳百川的。追溯这个名字几千年来的变迁是一件复杂的事情，写出几卷本的书也是没有问题的。作为一支古老文明的源头，她的包容性和文化融合能力则是这方水土的一大特质。

　　就民族而言，现在的焉耆回族自治县就是二十九个民族，最多的时候有四十多个民族。中华民族历史上最伟大的爱国主义民族迁徙——东归。一部分蒙古族牧民也迁徙到了焉耆定居，焉耆开都河南岸的包尔海、查汗采开、七个星、四十里城，开都河北岸焉耆东城一带都有蒙古族人民在这儿休养生息。

七

　　环绕焉耆的霍拉山，史前时期还是海水淹没的地槽，通过第三纪和第四纪运动隆起形成。焉耆盆地是以华力西褶皱为基础，在中生代晚期，由于地面断裂下陷而成，距今一万三千七百万年。盆地南面库鲁克塔克山区有下元古界与震旦亚界等老地层广泛分布。盆地的东、北、西三面的天山山系，主要由古生界沉积的变质岩系与华力西褶皱期侵入岩构成。在盆地的边缘，有第三系地层出露，并且零星出露的侏罗系地层。盆地内部有很厚的中生代及新生代陆相沉积层,地层为第四纪沉积物覆盖,厚达五十至六十米。自然的生成,令人类敬畏,承载了焉耆独特的文化。

焉耆水土光热资源丰盈,阳光也格外长、昼夜温差大、降水量少、蒸发量大、无霜期长,形成了独特的小气候,也让这片土地特别温暖,适合人居也适合万物生长。现有耕地四十三万亩、林地三十八万亩、草地两百六十七万亩。在这片丰饶的土地上,焉耆人的智慧和汗水耕耘出了一个无愧于阳光的以葡萄酒为代表的红色焉耆。

焉耆近年来在着力打造五张名片:丝路古国、花儿之乡、商贸重镇、红酒之都、美食名城。在焉耆大地行走,随手抓一把焉耆的石子都散发着商业气息。焉耆是南疆副产品的集散地,形成了南疆最大的农副产品交易市场。

富硒果蔬米面油,阳光窖酿葡萄酒。大地蕴涵、阳光天赐,焉耆盆地万物葱茏,上好绝佳的食材必然烹饪出独到可口的菜肴。焉耆美食,不仅在天山南北,就是长江两岸、长城内外也名不虚传。

八

葡萄美酒夜光杯,欲饮琵琶马上催。醉卧沙场君莫笑,古来征战几人回。问题是来到西域征战不打算回归的将士，怎么可能没有葡萄美酒的陪伴呢，喝酒也就是再自然不过的事情了。唐朝边塞诗人王翰把美酒宴乐、沙场征战糅合在一起，来表达一个高于生命、戍边卫国、把生命置之度外的爱国主义崇高理想。我想这种酒神精神远远超越了那个特定的时代，已经成为中华民族爱国主义精神象征的一个重要组成部分。焉耆产出的葡萄美酒究竟是怎样在西域这片热土上激活心灵、昂奋精神的故事，怎样书写也是不过分的。

全世界种植酿酒葡萄的黄金地带是北纬三十度至四十五度，世界最好的葡萄酒庄园都在依山傍海或湖泊之处坐落。焉耆盆地位于北纬四十二度，北有天山山脉环绕，南濒博斯腾湖，相思湖的蓝紫光和紫外线对于生长的焉耆葡萄来说，就是大自然无与伦比的馈赠。阳光和水都更加垂青于这片酿酒的圣地，自然也就会酿成世界上最好的葡萄美酒。说到葡萄酒人们总是离不开法国的波尔多，无论从天时、地利、人和方面焉耆绝不逊于波尔多，甚至胜似波尔多。

焉耆古代的酿酒史太漫长，一下子太难说清楚了。回到当下，在中国的葡萄酒生产地焉耆盆地是在国际上获奖最多、含金量最高的地方。布鲁塞尔葡萄酒大赛、柏林国际葡萄酒大赛等的国际顶级赛事上，焉耆盛产的各大品牌获取的殊荣是最多的。近年来仅焉耆一县，在国际、国内的重大赛事中共获殊荣一百多个。如果加上和硕、和静、博湖县的获奖数，那就更不得了了。一般来说盆地的低凹处容易蓄水，焉耆人也是这样有一种海纳百川的心态，政府和企业的双重力量把全世界的酿酒大师请到焉耆，有这样点石成金的手指，自然就能酿出世界一流的葡萄美酒。

　　阳光对焉耆似乎特别眷顾，年平均日照时数三千一百多个小时，能够满足多种葡萄品种栽培所需的热量条件。昼夜温差大，十分适宜各类水果糖分的积累。了解一些常识的人都知道，酿造葡萄酒是需要加蔗糖的，唯有焉耆产区不用加就可以达到白葡萄酒十一度、红葡萄酒十二度的标准。酿酒葡萄含糖量过高而酸度偏低的情况在焉耆从来都没有发生过。如果你是一个对酒的品质有上佳要求的人，你才会明白做到这一点是多么不容易。人是自然之子，有什么能大过天意呢？自然给予我们的就是天赐之福了！

　　焉耆盆地所产葡萄无论色泽还是质地均为上乘。独特的区位地理优势，使得焉耆盆地已吸引乡都、天塞、芳香庄园、中菲、轩言、伯年、瑞峰、冠龙等三十七家葡萄酒生产企业入驻，年产能力近十万吨。世界顶级的葡萄种植区和酒庄在焉耆这已经不是一个奋斗目标，而是几千年文化和自然的一个必然归属。

早在两千年前，焉耆这一带的胡人就开始用木制的破碎挤压器将葡萄压碎，放进陶器中进行自然发酵，然后用胶泥封口，埋于地窖中，数月后，取其清汁，便可饮用。古代新疆就已经以酿造葡萄酒而闻名于世了。今天焉耆盆地葡萄酒产业的发展正是传承西域两千年深厚的葡萄酒历史底蕴，实现焉耆葡萄酒文化的涅槃重生。品味焉耆葡萄酒也是对西域历史文化的感受、感知。

当然，我们也不得不说，在品牌的凝聚和扩张传播上，焉耆可能还显得弱了一些。

九

焉耆不仅是盛产红酒的福地，也是我国大型富硒地。富硒含量独领风骚，傲视天下。也因此孕育了焉耆的红色产业，红辣椒、辣椒红素、辣椒颗粒、辣椒籽，番茄、番茄红素、番茄干、番茄酱，加上矿产红柱石等，已经形成了一个全国最大的红色产业集群。焉耆的辣椒个大、色泽鲜艳，不仅适合提炼色素，更可以食用。番茄红素和番茄皮渣的提炼和加工已经走在了世界前列，若要问什么？还是得益于得天独厚的自然条件。

焉耆盆地红辣椒规模化种植始于二十世纪九十年代后期，目前辣椒种植面积超过二十万亩，是新疆最大的红辣椒生产基地，也是焉耆盆地的富民产业之一。由于特殊的光热条件，焉耆盆地的红辣椒个大、色泽鲜艳纯正，因此在市场上很受欢迎。

说不尽的丝绸之路，道不完的焉耆盆地。这只头顶红冠插着金色羽毛的大鸟一个华丽转身，她的姿容就会惊艳全世界。

焉耆是个浪漫而神奇的地方，境内的开都河传说就是神话小说《西游记》中的通天河，传说唐僧取经的"晒经岛"就在焉耆县开都河畔。两岸杨柳发新，草吐新绿，碧水盈盈，水天一色，游人如织，欢声笑语不绝于耳，真是旅游休闲、陶冶情操的绝佳之地。

一个具备了文化自信的民族，人们的胸中总是回荡着奋发向上的激情，他们为祖国的声望而讴歌，为民族的复兴而神往。他们往往不满足于一个歌者的身份，而是以一个战士的姿态奔向那莽莽边塞，去建功立业。进入新时代的援疆工程，就是中华儿女回荡在中华民族复兴道路上的铿锵足响。

土尔扈特东归

一

在草原游走，一抬头就看到了矫健的雄鹰，也就想到起东归英雄渥巴锡。

在新疆南北疆的草原上，无论是视觉所见、正史野史还是人们的口碑，渥巴锡的名字总是挥之不去。去年秋天，两次去了最浪漫的地方巴音布鲁克草原，而两次都在草原上观看了表现东归历史的实景剧《东归印象》，渥巴锡的形象就有了更生动而立体地呈现。

草原就是这样，白天还在享受着秋日暖阳的眷顾，而到了夜晚，袭人的寒气毫无遮拦、铺天盖地而来，就是裹着厚厚的军大衣还觉浑身打冷战。

宏大的实景演出，把人带到了伏尔加河流域东归的起始地带，渥巴锡的铁血忠诚点燃的爱国主义激情深深感染了我们，不知不觉已经忘记了草原的寒冷，感觉心如潮涌，热血沸腾。

伏尔加河畔是渥巴锡的出生地，一六二八年，明末年间他的祖先就西迁到了伏尔加河流域，建立了自己的汗国，那时候沙俄的势力还没有到这一带。他的父亲敦罗布喇什就是汗王，一七六一年去世，由其子渥巴锡继位，从小耳濡目染，我想他的血脉中从小就融入了土尔扈特人独有的特质。

从史书上看，土尔扈特是我国一个比较古老的蒙古族部落，是四卫拉特之一，部落祖上曾担任过成吉思汗的护卫。

土尔扈特人虽然迁徙到了伏尔加河流域，但和朝廷一直保持着联系，他们祖先意识、国家意识和回归意识从来都没有中断过。试想一下，渥巴锡十九岁就继承了王位，二十岁出头就已经在谋划东归了，如果没有基因和祖国意识做支撑，如果没有内心的强烈渴望，是不可能这样义无反顾地做出如此撼天动地的迁徙之举的。

土尔扈特部回归的英雄壮举，创造了举世闻名的民族大迁徙奇迹，震动了当时的中国与西方世界。正如爱尔兰作家德尼赛在《鞑靼人的反叛》一书中所说的："从有最早的历史记录以来，没有一桩伟大的事业能像上个世纪后半期一个主要鞑靼民族跨越亚洲草原向东迁逃那样轰动于世，那样令人激动的了。"土尔扈特人创造的英雄壮举，光耀史册。

二

中国西部的历史就是一部部落与部落之间、民族与民族之间的征战史，当然，更是一部中华文明不断优化、各民族之间相互融合、和谐相处、不断升华的中华文明史，一部民族团结史和定国安邦的国家统一史。

土尔扈特为什么西迁？我想原因是复杂的，但有一条就是蒙古族部落之间的弱肉强食，历史上的准噶尔部落太强大了，如果你不向他俯首称臣，结果也许就是走上不归路。土尔扈特人明白这个道理，三十六计走为上计，没有意义的生存，生存就等于死亡。远方，总是寄托着人们的向往，总会有一个水肥草茂的地方供我们创造美好的生活。

明朝末年（1628），土尔扈特人为了寻找新的生存环境，部族中的大部分人离开新疆塔尔巴哈台故土，越过哈萨克草原，渡过乌拉尔河，来到了当时尚未被沙皇俄国占领的伏尔加河下游、里海之滨。在这片人烟稀少的草原上，他们开拓家园，劳动生息，建立起游牧民族的封建政权土尔扈特汗国。

104

看来这个西迁的选择还是不错的，只是一切都在流动，天有不测风云，人有旦夕祸福。

三

东方游牧民族成吉思汗对沙俄来说，曾经是一场噩梦。随着沙俄不断地扩张，土尔扈特自然成了他们的心头大患。

沙俄人俗称"老毛子"，从历史上看，他们玩起权谋来也是很诡异的。首先他们从高层管理和内部架构入手，扶持土尔扈特内部一个叫"札尔固"的组织，让它和渥巴锡平起平坐。"札尔固"隶属于沙俄外交部的控制下，对"札尔固"成员实行年俸制，并派遣官员直接进行管辖，以达到架空汗权的目的。渥巴锡是王，说了不算数了，也太羞辱人了！

沙俄政府让大量的哥萨克移民向东扩展，不断压缩土尔扈特的游牧地，挤压土尔扈特人的生存空间。还有更狠的一招，就是让土尔扈特人改信俄罗斯人信奉的东正教，从精神上把土尔扈特打垮。渥巴锡心知肚明，自己的精神家园在东方，怎么可能信奉东正教呢！

沙俄要强大，战争也多了起来，其中跟土耳其的战争就打了二十一年。大肆征兵导致土尔扈特人青壮年锐减，许多人都充当了沙俄对外扩张的牺牲品，丧生在土耳其和北欧的战场上。正拼命扩张的俄国需要更多的土尔扈特军队参与新的战争，需要土尔扈特骑兵去镇压无法忍受沉重税赋而起义的农民，去控制信仰方面的异己者，如平定信仰伊斯兰教的巴什基尔人的叛乱，去遏制不安定的其他周边游牧民族，去参加欧洲的战争。

敦罗布喇什和渥巴锡时期出兵助战成为汗国的沉重负担。然而土尔扈特人口减少、经济衰退，已无法满足俄国的频繁征兵。十七世纪末，在土尔扈特汗国达到其顶峰时，包括阿玉奇汗的臣属诺盖人在内，土尔扈特人总共有七万帐。到十八世纪六十年代，土尔扈特人仅有四万帐。俄国对土尔扈特骑兵的需求不断增长，甚至不顾土尔扈特兀鲁斯的自身安全，强迫其远距离征战，给土尔扈特人带来了沉重负担。

战争是要死人的，这样死下去岂不是走向种族灭亡吗？他没有能力改变沙俄的时候也只有想办法改变自己了。

四

我们可以试想一下，渥巴锡饱受煎熬着的是怎样一种日子。子民生灵涂炭，饱受战乱之苦，多少家庭流离失所。

他是有祖国的人，受如此欺凌，自然会选择回归。

一七六七年一个初春的夜晚，渥巴锡召集心腹开了一次绝密会议，在这个会议上统一的意见就决定要东归故土。一七七〇年，土尔扈特汗王渥巴锡从高加索地区带兵打仗回来又召开了一次绝密会议，会上，他们庄严宣誓：脱离沙皇俄国，返回祖国去。

一七七一年一月四日，渥巴锡召集全体战士总动员，提出土尔扈特人如果不进行反抗，离开俄国，整个部族都将沦为沙皇的奴隶。这次总动员，点燃了土尔扈特人心中奔向光明的火焰。

尽管渥巴锡等人力图对俄国人保密，但消息还是泄露了。形势的急剧变化，迫使渥巴锡不得不提前行动。

他们本来计划携同胞一道返回故土。不巧当年竟是暖冬，河水迟迟不结冰，左岸的卫拉特人无法过河。只好临时决定，右岸的三万余户立即行动。

人们为了更好地生存，往往会付出生命的代价。如果失去了赖以生存的草原，宁愿迁徙在谋求生存的路上。时势造英雄，只要回到祖国，一切都会改变。

五

一个民族真正的失败，首先不是经济崩溃、军事失败，甚至不是文化落后，而是精神上的消亡。中国的宋朝就是一个典型的例子。

十年磨一剑，渥巴锡的精神和血性拯救了土尔扈特人，实现了人类历史上最伟大的民族迁徙。

渥巴锡自述："自古以来，土尔扈特人没有像今天这样负担过如此沉重的捐税，所有的人为此感到动荡不安，这就是为什么不愿再受俄国的统治，而希望看到自己的遵守共同法规的同胞和自己原来的故乡"。

当阳光洒向大雪覆盖着的伏尔加草原时，伏尔加河右岸的三万三千多户土尔扈特人出发了，离开了他们寄居将近一个半世纪的异乡，用他们的话说：到东方去，到太阳升起的地方去寻找新的生活。

渥巴锡率领一万名土尔扈特战士断后。他带头点燃了自己的木制宫殿，刹那间，无数村落也燃起了熊熊烈火。这种破釜沉舟的悲壮之举，表现了土尔扈特人将一去不返、同沙俄彻底决裂的决心。

土尔扈特东归的消息，很快传到了圣彼得堡。女皇叶卡捷琳娜二世认为，让整个部落从她的鼻尖下走出国境，这是沙皇罗曼诺夫家族的耻辱。她立即派出大批哥萨克骑兵，去追赶东去的土尔扈特人。同时采取措施，把留在伏尔加河左岸的一万余户土尔扈特人严格监控起来。

　　土尔扈特人的队伍，很快穿过了伏尔加河和乌拉尔河之间的草原。走在外侧的一支土尔扈特队伍，被哥萨克骑兵追上了。由于土尔扈特人是赶着牲畜前进的，来不及把散布在广阔原野上的队伍集中起来抵抗，九千名战士和乡亲壮烈牺牲。

　　东归队伍必经的一个险要山口，是奥琴峡谷。一支庞大的哥萨克骑兵抢先占据了这个山口。面对强敌，渥巴锡镇定指挥：他组织五队骆驼兵从正面发起进攻，后面派枪队包抄，将哥萨克军队几乎全歼，为牺牲的九千名同胞报了仇。

　　一路上除了残酷的战斗，土尔扈特人还不断遭到严寒和瘟疫的袭击。土尔扈特人由于战斗伤亡、疾病困扰、饥饿袭击，人口大量减员。有人对能否返回祖国丧失了信心。

　　在这最困难的时刻，渥巴锡及时召开会议，鼓舞士气，他说：我们宁死也不能回头！土尔扈特人东归的消息，事前清政府一点也不知道。土尔扈特人无法和清政府沟通，更不可能得到清政府的任何援助。英勇的土尔扈特人，仍然只有再次抖擞精神，向着既定的目标一步步走去。

　　一七七一年七月八日，策伯克多尔济率领的前锋部队在伊犁河流域的察林河畔与前来相迎的清军相遇。清军总管伊昌阿、硕通在伊犁河畔会见了刚抵达的渥巴锡和舍楞，以及土尔扈特部的主力和大队家属。

土尔扈特人浴血奋战，义无反顾。历时近半年，行程上万里。他们战胜了沙俄、哥萨克和哈萨克等军队不断地围追堵截，战胜了难以想象的艰难困苦，承受了极大的民族牺牲。终于实现了东归壮举。

人一辈子都在抉择，渥巴锡的抉择成就了他的一世英明。因为祖国不会忘记，生生不息的中华文明就是由各族优秀儿女共同铸就的。

六

中华文明为什么能成为全人类唯一没有中断和湮灭的古文明？必然与一次次灭顶之灾中的守望相助有关。乾隆就是乾隆，对内力排众议，对外力抗淫威，他和东归迁徙的英雄一道辉耀东方。

公元一七七一年四月，定边左副将军车布登札布向朝廷奏报，说俄方派人来通报土尔扈特举部东返，清政府才得知这一消息。土尔扈特人归来的消息在清朝朝廷中引起了争论，是把他们挡回去，还是把他们接回来，意见不一致。

最后乾隆做出了决断：既然土尔扈特部前来归顺，

就该接纳，不能因为害怕发生事端而拒绝他们。所以决定对土尔扈特部接纳安置。

乾隆是中国历史上一位很有作为的皇帝，一种优秀的文明一定是能够把别的文明融合进来，一种优秀的文化一定是有包容心的文化。

在土尔扈特部刚刚到达伊犁时，俄罗斯就通过外交手段交涉清政府，要求其不能接受土尔扈特部进入国境，乾隆皇帝得知此事后命人回复沙皇："此等厄鲁特因在尔处不得安居，欲蒙大皇帝恩泽，投奔大清实属诚心归附，大皇帝施恩，将其户口、属众分别指地而居，各自获得安生之所。"谁知俄国沙皇又提出了交涉，威胁乾隆若是不将土尔扈特部交出来就不惜发动战争，乾隆皇帝听到俄罗斯的这种话语勃然大怒，立即回复："尔等若要追索伊等，可于俄罗斯境内追索之，我等绝不干预，然其已入我界，则尔等不得任意于我界内追逐，若尔等不从我言，决然不成，必与尔等交战。"大清皇帝一语定乾坤。

七

一个文明的强盛从某种意义上说是由这个民族的苦难史修成的，东归的壮举也说明了这一点。

根据清宫档案《满文录副奏折》的记载，离开伏尔加草原的十七万土尔扈特人，经过一路恶战，加上疾病和饥饿困扰，"其至伊犁者，仅以半计"。就是说，约有八九万人牺牲了生命。还有一种说法只有两成回到了祖国怀抱，那么其余的十几万人呢？以怎样的一种方式生命陨落在回家的路上，这个撕肝裂肺的过程不堪回首。

不久，渥巴锡随伊昌阿到伊犁会见参赞大臣舒赫德，舒赫德向渥巴锡转达了乾隆帝的旨意，让渥巴锡等人在秋高气爽时节前往避暑山庄面见乾隆皇帝，并转交了乾隆皇帝颁给渥巴锡、策伯克多尔济、舍楞的敕书。

乾隆的敕书是用满文和一种古老的蒙古文字托忒文写成的。这份敕书充分表达了乾隆对土尔扈特人的赞扬与欢迎。不久，渥巴锡等十三人及其随从四十四人，在清朝官员的陪同下，自察哈尔旗来到避暑山庄。

一七七一年十月，恰好承德普陀宗乘之庙落成，举行盛大法会。乾隆下令在普陀宗乘之庙竖起两块巨大的石碑，用满、汉、蒙、藏四种文字铭刻他亲自撰写的《土尔扈特全部归顺记》和《优恤土尔扈特部众记》，用来纪念这一重大的历史事件。

九月初八傍晚，渥巴锡在木兰围场伊绵峪觐见了乾隆，乾隆在行帷中亲自"以蒙古语垂询渥巴锡"。据乾隆自撰的诗文和清政府档案记载，他们除了向乾隆进献"七

112

宝刀""银鞘刀"外，还有弓箭、腰刀、手枪、钟表等物多件，表明他们投归清朝的诚意。渥巴锡等在承德的活动，到了九月三十日，已近尾声，遂先后启程离开承德。

土尔扈特全族东归的壮举，深深感动了中华各族人民，各地纷纷捐献物品，供应土尔扈特人。清政府也拨专款采办牲畜、皮衣、茶叶、粮米，接济贫困中的土尔扈特牧民，帮助他们渡过难关。《优恤土尔扈特部众记》及《满文录副奏折》都有详细记录。

为了妥善安置归来的土尔扈特部众，清政府指派官员勘查水草丰美之地，将巴音布鲁克、乌苏、科布多等地划给土尔扈特人作牧场，让他们能够安居乐业。

最后确定的游牧地为"渥巴锡所领之地"，也称旧土尔扈特，分东西南北四路，设四个盟，各任命了盟长，舍楞所领之地，称新土尔扈特，舍楞为盟长；还有和硕特恭格部，下设四个旗，恭格为盟长。

渥巴锡所领的南路土尔扈特人后代生活在如今的新疆巴音郭楞蒙古自治州和静县、和硕县、焉耆县和库尔勒市。

然而作为东归壮举的领袖渥巴锡却因为积劳成疾，返回祖国不久就身染疟疾，于公元一七七五年病逝，年仅三十三岁。临终叮嘱部族民众勤于生产，安守本分，毋生事端。

八

时间虽然过去了两百多年，然而，人们没有忘记东归的英雄，他们的事迹成为经久不衰的学术研究课题。中外很多学者都赞颂土尔扈特人民重返祖国的英雄壮举。东归英雄们的史诗将永远被传唱下去。

新中国成立以后，为纪念东归这一伟大迁徙的爱国主义壮举，经周恩来总理批准，将渥巴锡的后代休养生息的这片土地定名为巴音郭楞蒙古自治州，也被称为华夏第一州。无论从历史文化还是从自然地理的纬度上观照，巴音郭楞蒙都有无穷无尽的魅力，现在已经是国家级 AAAAA 级景区，草原上的无限风光，一年四季吸引着全世界的目光和络绎不绝的人们。

跨入新时代的巴州各族人民，正以昂扬的步伐谱写新的时代篇章。文化就这样书写着，历史就这样延续着，生命就这样滚动着！

太 阳 坡 上

　　今年大年初一，我在北京过年，韩寒的电影《飞驰人生》首映。因为知道这部影片的下半部是在巴音郭楞蒙古自治州境内的巴音布鲁克草原上拍的，我们一家人就去看了！

　　巴音布鲁克草原的辽阔与呼伦贝尔是不一样的，一个是巴音布鲁克草原地势的起伏比较大，还一点是水多，再一个就是西北高原的阳光。有了这三点，草原就变得特别好看了。巴音布鲁克草原向西铺展开去连接着我的故乡了，走过草原、越过戈壁、踏上绿洲，然后是天山南麓一条毛绳似的小路像飘带一样在山间穿越，最后一直伸到了国境线上。

　　在那个群山环抱的山村里驱车到首府乌鲁木齐就要路经巴音布鲁克草原。我们总爱走独库公路那条路，一旦结伴而行就要到草原上去撒个野，去追逐那草原上金灿灿的阳光，再喝上几杯醇厚的烈酒，让激越的吼声绕着太阳坡向云端飞去！

翻过达坂、穿过隧道，再在齐膝野草丛里采上一束鲜艳的山花，蕴藉于胸的情愫随着鲜花的芬芳向着远方飘荡，给梦牵魂绕的情人捎去酝酿已久的心里话。韩寒拍电影的这段路我多次走过！那些年我们只能开辆老式的212吉普，车速慢跑不起来，后来车速快了又要限速了，何况赛车，压根就没有触碰过。看了这部电影，赛车竞技在险峻的草原上，又有故事情节牵动，审美享受带来的刺激与欢欣是前所未有的，颠覆了我对巴音布鲁克草原的旧有印象。

同样一个地方，就要看谁来诠释，不是说你熟知了你就真正了解！但凡深刻的哲思往往蕴藉于司空见惯的简单事物之中。韩寒说这段赛道也是在全国找了好些地方，最终才选中巴音布鲁克草原。显而易见，他一方面选择了草原的辽阔，让奔放的生命状态得以充分呈现，更主要的是他可能选择了这片高天阔土上的惊险和曲折，以此彰显极致人生的精彩，绝地反击的风流。也就是说他选择了自己的内心对自然、对人生的理解，我想这也是这部电影能够打动人心、引人入胜的地方！

巴音布鲁克的牧歌和云朵把岁月装扮得温柔而澄碧，草原上徐徐吹来的风撩拨着一个人隐秘的心弦。我们远行，我们遥想，我们把自己推向陌生，就是为了和这片独特的草原亲近，就是要借重这样独特的自然把过于沉重或凌乱的心绪打理一下，采天地之灵气，迎接每一天的新阳光。

上苍的天赐让"九曲十八弯"这条扭动蜿蜒、走笔龙蛇的曲线具备了摄人心魄的魅力。每当绚丽的晚霞铺满河湾的时候，变幻出各种奇妙的风景，在落日余晖下，弯弯曲曲的河道上能映出九个太阳，山川大地成了金色的王国，那是草原上最动人的风景。同样是一个太阳，一旦和巴音布鲁克草原相遇，她所雕刻出来的形象，每一件都是稀世的艺术品。

每次登上观景台上瞭望，总是人头攒动，他们在寻找最佳位置或留下倩影或捕捉期待已久的瞬间。他们都是酝酿了很长时间，走了很长的路才来到这里的，有的搀扶着老人，有的带着孩子来完成一个夙愿。就像不到长城非好汉，也就成了一个中国人到北京的首选。

每次来看到的都是不一样的九曲十八弯，四季轮回的九曲十八弯，梦幻和现实交织的九曲十八弯。旭日升、晚霞红、正午的太阳画奇境。水镀金、秋草橙、天鹅相伴入梦乡。如果一个人的心灵底版上镶嵌着这样的绝美画图，再有阴霾来袭、流云蔽日，也不过螳臂当车自不量力而已！

天鹅飞过大地

不知有多少人看过这部《飞驰人生》，韩寒选的飞驰赛道和九曲十八弯从构图和造型上有太多的异曲同工之妙，我看这部电影的时候，这种感觉多次在我的脑海里交织重现。后来我想了想：曲折所释放的美感要比直线丰富得多，曲折艰辛所铸就的人生也一样，比一帆风顺的人生精彩得多！在洒满金光的巴音布鲁克草原，阳光把山河大地雕刻得如此富有轮回美感曲线，每一位身披霞光仰望天边云彩的人也会以不同的方式精彩自己的人生。

去年，我们一家踏上了企盼已久的草原，走了一天还在韩寒电影里呈现延伸的山路里转。女儿依依惊愕："不是说新疆都是戈壁沙漠吗！我怎么没看到大漠孤烟直的景象，这满眼的花海绿色没有边际，我的眼睛都跑得睁不开了，绿色花香都把我融化了！结果是睡了一觉醒来还在灿烂的阳光里，在无边的草原上！"

巴音布鲁克是一幅纯真的神奇画卷，碧蓝的天，澄澈的水把草原装扮成了诗意的梦境。虽然它仰卧在西北边陲，而且是在天山以南的沙漠干旱地区，然而，大自然就是这样，会对一片别样的土地给予无微不至的难以想象的眷顾。走进巴音布鲁克，你想象不到这片横无际涯的草原会把各种雨水、泉水、溪水和瀑布、湖泊、江河与雪水如此神奇地编织成了一个和天边云彩共舞的水乡，发出的各种声音，就像原始森林里的百鸟朝凤。

我们旅游，不就是想让我们的心灵放飞吗？我们需要到这样宏大而又奇特的自然中去和我们心向往之的自然对话，用我们的虔诚采集天地之灵气，把我们在滚滚红尘中积弊的幽怨和沉郁、无奈和怅惘冰释清除，驾着高山林间的浩荡长风，感受着阳光赐予激活奔流的热血，触摸着蓝天白云给我们送上的温存抚慰，体悟走进天人合一、心远地自偏的人生快感！

或许在一个霞光万道的早晨，你不经意抬起头来向太阳微笑，云蒸霞蔚的苍穹会把你感动得热泪盈眶！冥冥之中，上苍给你一个暗示，你放下了很多，看开一切，悟到很多：我从哪里来，我是什么，我到哪里去。在不经意间完成一次否定之否定的人生转型。你轻轻地爬到山顶，见到太阳与大地同辉，万里碧空任我驰骋的壮丽景象，那就是我！心即理，致良知，为我们的灵魂注入了奔流不息的浩然正气。

天地有大美而不言，四时有明法而不议，万物有成理而不说，这是庄子的箴言，也是我们道不尽的人生快意！

巩乃斯是草原上的一片河谷，一个山庄，也是和静县的一个镇。走进巩乃斯的那一天觉得阳光特别丰裕。高原就是这样，少了很多的阻碍和遮挡，也少了很多拥挤和心的隔膜。

从历史上看，在这片山谷峰巅云游的大部分是少数民族牧民，我想最早的匈奴、吐蕃、羌族都来过这些地方。有民族之间的征战也就有了民族之间的妥协和融合。我问过哈萨克牧民，也问过蒙古族牧民，有的说巩乃斯是太阳升起的地方，有的说巩乃斯就是太阳坡上。这就有点意思了，不论什么民族都认同了这片土地和太阳的关系。有趣的是我去年上川藏高原去了我们这个星球上最后一片净土——稻城亚丁。一路上写成了散文叫《太阳在上》，就这样我把这篇散文定名为《太阳坡上》。我去过塔什库尔干，有人把生活在那儿的塔吉克人叫太阳部族，他们认为自己距离太阳最近，来自另外一个星球的阳光地球人是多么渴望呀！对于这个正在急速变化的时代，他们或许没有这些来自四面八方的游人这么敏感，但要说幸福指数谁的又高一些呢！

巩乃斯这个名字在我心中已经萦回了许多年，高山、河谷、青松构成了它的基本面貌，感觉它是伊犁河谷的一个林场，和果子沟这一带紧紧相连。周涛写的《巩乃斯的马》也说巩乃斯是伊犁的。这两年我才知道它是巴音郭楞蒙古自治州和静县的一方宝地，有人说巩乃斯的神韵酷似北欧的风光，北欧是个什么样子还真没有去过，但我听一些去过的人说，巩乃斯的风情远胜于北欧。其实对于风景每个人的感受是不一样的。巩乃斯的美就在这里，在这样一个阳光地带，就没有办法不相信这一点！

我发现中国的禅宗寺院都坐落在一方风水宝地上，那些得道的僧侣道人采天地之灵气，才能修成功德圆满。巩乃斯里有一条班禅沟，因为十世班禅额尔德尼·确吉坚赞在这里坐禅而得名。蒙古族是一个信奉藏传佛教的民族，据说讲经说法的当日，通往巩乃斯各条道路，跪满了前来朝拜的人们。所有人都尽其所有抛撒着钱物，以表达对活佛的尊重，然后班禅又将这些钱物赐福给虔诚的信徒。班禅沟来自一个美丽的传说，额尔德尼做了一个神奇的梦，他梦到了一棵同根四干的松树，而周围的风景更是如诗如画。这个梦中的情景就是巩乃斯班禅沟的美景，班禅沟也因此而得名了。

天湛蓝，云碧透，沟谷松风袭花香。树滴翠，山重染，梵音袅娜醉游人。数不尽的绿草满坡，赶不走的花蝶戏人。这是一片能够深深调动记忆的繁花似锦，我一下想起了很多年以前读过劳伦斯的散文，他对花色、花瓣、花蕊、花茎的描写仿佛就在我的眼前。古人说：读万卷书，行万里路。有人拿这个问题问余秋雨，两者关系如何？他的回答语惊四座："没有两者。路，就是书。"我恍然大悟，我曾经如饥似渴把我的情思倾注于书海，在那些孤独无告的日子里，那一行行铅字载着我的脚步走过了山河大地，迈过了沟坎险滩。今天，在班禅沟和我不期而遇，山风还是这么吹着，我借着这份喜悦和慰藉，感知斗转星移，领悟天地永恒。

班禅沟的野花没有城市花园里的花大，但在风中劲挺的舞姿一定比家花婀娜多姿，摇曳生辉！各色小花在风的鼓动下任性翻飞，阳光投射在上面泛着金色的金属光，就像贵妇身上的锦缎。而花蕊散发出来的花香交叉传感，一朵朵、一簇簇、一片片，把铺向天边的山冈和山那边的地平线都熏成了花气袭人的空中走廊。在草原，花是草原的点缀，而在班禅沟，草就只能是花的点缀了。踏着脚下的木栈道、栈桥，走累了你也可以牵来一匹巩乃斯马，跃马驰骋的时候你会听到手舞足蹈的游人们发出的声声叫唤！

八月的班禅沟，参天的松柏氤氲着松岚，林子里的小松鼠瞪着大眼睛来回穿梭。冰冽的雪山融水顺着小沟往山下跑，如果你弓身掬起一捧山溪水，那一定会给你带来剔透的凉爽和沁人心脾的静谧。只要你有一颗虔诚的心，山水林泉一定会带你尽享宏阔苍穹难以言说的生命体验。只要你走到了人生的高远处，说出你的故事，你会发现一个慢慢不一样的自我。

在这片酷似北欧的风景里，隆起的山冈以各自不同的造型与性格彰显各自的伟岸。有多少错落有致的高峰，也就沉积下多少姿容各异的沟谷和盘旋在谷底流淌着牛乳一般的小河。洒满阳光的山坡上，一条一条毛绳似的山路，山路两边野性的芳草地就像人工修葺过的绿毯。地毯上的蒙古包依山傍水，像珍珠一样装扮着江山多娇，更有那袅袅升起的炊烟，随着季风向天空飘散。

山高人为峰，地广人为大。蒙古、哈萨克、维吾尔族牧民世世代代在这里游牧，游牧了成群的牛羊也游吟了自己如诗如画的生活。

在这莽山丛中有一条神奇的沟壑叫阿尔先温泉沟，是上苍天赐的神山圣水。泉眼的分布、泉水的温度以及它医病的效果超出人们的常识，完全不可想象。转山转水的牧民们在温泉沟康复身体、滋养心性的故事早在流传，也就流传下来专属于温泉沟的康养文化。

一个秋日的正午，阳光敞亮地铺满了整条沟谷，山溪水泛着金属般的白光，尽管有秋阳的暖意，但水响的声音还是传递着浸润心脾的冰凉。我们不能像牧民一样，一生一世用自己的双脚一步一步在草原河谷走出了自己生命的长度，也走出了一代一代人的风花雪月和阴晴圆缺。对于我们，阿尔先温泉沟，我们陌生，我们初见。虽然太阳洒在沟谷里，云海、山巅、树木、草甸满眼都闪现着璀璨的迷梦一般，牛羊山雀也发出了悦耳的声音，但我平生第一次感受到大山河谷是如此静穆空灵，空灵得让我自己都不敢放肆地喘息。

我不敢说走过千山万壑，但名山大川也去过一些。我不敢说我和大山有个契约，因为承诺是要用生命来捍卫的，而世俗故人太善变，我又怎么能经得住日新月异的生命诱惑。这种空灵和静穆让我肃然，我不知道意识是不是一种有物理属性的物质，我只是感受到了阿尔先温泉沟有一种超出物质之外的东西存在。那一刻，我相信，阿尔先温泉沟虽然我还不曾走过，但大地也可以用心走、用心悟，用生命的第六感觉去感悟！其实我们生活在一个未知的世界，大美而不言的新疆山水，你给了我这样的暗示，我心领神会！

斩妖石的传说使阿尔先沟充满了迷离色彩，大自然的鬼斧神工把一块巨石一劈两半，无论你有多高的智慧或科学知识，你都很难对这种自然现象做出科学解释，况且又给它赋予了一个很传奇的英雄故事，崇拜英雄是任何民族都具备的人格特征之一，尤其是中华民族，就是靠着这种民族精神创造了我们伟大的文明，绵延兴旺、长盛不衰。公元一七七一年，土尔扈特首领渥巴西为了摆脱沙俄的压迫，率领土尔扈特部十七万人回归祖国，完成了中华民族历史最伟大的一次爱国主义迁徙，就是因为各民族共同凝聚起的爱国主义精神，创造了在这个世界上唯一兴盛不衰的中华文明。过去的神话，当人们按照神的旨意去践行，也就一步步变成了触手可及的现实！中华文明海纳百川、天人合一，就是在告诉我们一个伟大的文明就是要站在世界文明的顶峰，以更加博大的胸怀和仁爱之心去包容这个世界，惠泽这个世界。

在昂嘉恩这座藏传佛教寺的面前，虔心的佛徒在这里祈愿，修出一脸慈眉善目的蒙古汉子转过身来飞马扬鞭又唱起草原上经久不息的《江格尔》情歌。

就拿阿尔先温泉来说，你扬名四海其实需要的就是在阳光照耀下静静地等待。长风破浪会有时，直挂云帆济沧海。世界上的温泉多了，特别是近些年，康养、度假生活风行世界，假温泉、人造温泉蜂拥而起，同时也不断有媒体爆出其中的黑幕。在阿尔先，你唯一要做的就是静待花开，相信是金子总会发光的。

温泉沟的十二泓药泉功效各不相同，基本上把身体的各个部位由里而外都包括了。我们走到了这条沟的尽头，前面有几排白色的小屋，里面住着远近几百里来这儿泡温泉医病的各族群众，有蒙古族大夫因人而异给每个人出治疗方案。

再往前走就是温泉了，泉眼的四周布满了人群。有男人也有女人，有长者也有少女，有汉族也有其他少数民族。他们在这里大都按照疗程在康复，在治病。

千百年来，无数的善男信女把泡温泉作为一种奢侈享受，男女共浴一池，女人穿上节日的轻纱，在水的作用下把白皙的肌肤展现得更加妩媚动人。男人则裸着上身，在水温的作用下让每一寸肌肤里血脉奔流不息。爱别人，首先还是要爱自己，只要心里有大爱，大自然的风花雪月都会成全你越战越勇。

阿尔先，蒙语，意为"神水"或"药泉"，自阿尔先温泉被人们无意中发现，不知医好了多少病人，有来医眼睛的，有来治关节炎的，也有来医胃、脾、肝、胆病，医神经性头痛、皮肤病的，还有来取水求子、饮水排毒养颜美容等等。水温均在四十三度至六十三度之间。

阿尔先温泉还流传着许多古老而美丽动人的传说。土尔扈特人经过万水千山，在战火中用生命保存下来的寺庙——昂嘉恩寺给阿尔先沟增添了神秘之感。神奇的温泉让无数求医问药者得到了满足。特别是该地作为《东归英雄传》电影的部分外景拍摄场地就更具吸引力了。

当你走近阿尔先温泉，一号泉叫敖都其玛努楞阿尔先。敖都，蒙古语意为"神医"，玛努楞为人名。他是创藏医学人，全意为"神医玛努楞"。人们为祈求玛努楞的保佑，因此而得名。此泉周围有数块石头，其大小、颜色代表人的心、肝等五脏，由此开始逐泉沐浴，便可分解百病，这也意味着患者浴疗将有个良好的开端。另外，此泉西边有一丝细流，用其水洗眼可明目健脑。

二号泉叫夏尔克来阿尔先，蒙古语意为"治关节炎"的泉。此泉专治关节炎，其水温四十八度，流量也较大。

三号叫查汗乔轮阿尔先，蒙古语意为"白色石头"泉。此泉专治皮肤病，对疥疮等也有一定疗效。

四号泉叫德文哈尔次克阿尔先，蒙古语为"四个箱子"。据说此泉能医四百〇四种疾病。相传，从前有个国王的儿子替父亲打仗，王子率兵南征北战，就在阿尔先附近的一次战斗中，王子倒在血泊中不省人事。士兵们将王子抬到此泉边清洗伤口，王子很快苏醒康复了，因而，此泉又得名王子泉。

五号泉叫其肯阿尔先，蒙古语意为"耳朵泉"。尽管此泉流量很小，但清洗耳朵是够了，清洗后有明显清晰的感觉。

六号泉叫才松巴都巩阿尔先，蒙语意为"治肝胆泉"。可治胃、肝、脾、胆等各种疾病。取其泉水，加适量酥油、盐等，空腹饮下即泻，进少量食物即可止泻。因此，当地牧民常饮此泉排泄体内垃圾，难怪牧民群众称之为"昂立持号"。

七号泉叫闹永尼阿尔先，蒙语意为"王爷泉"。相传以前有个王爷常在此泉洗浴。此泉水温高达六十三度，可治疗骨髓炎、骨结核。在泉水中加雪莲、羌活、党参花、柏枝等中草药疗效会更佳。

八号泉叫开依根阿尔先，蒙古语意为"滋补"。此泉有通血、通气、利尿之功效。

九号泉叫孕腾拜阿尔先，此泉水温四十三度，流量较大。传说孕腾拜与妖蟒大战三天三夜，为民除害后，已是筋疲力尽。后来被当地牧民抬到此泉，淋浴后很快就消除了疲劳，恢复了往日的威武。还有一种说法是，经过逐泉沐浴到此泉，病魔逐渐被驱走，到此泉沐浴会倍感轻松，因而，此泉又称逍遥泉。

十号泉叫才松阿尔先，蒙古语意为"冷泉"。据说此泉可利胆、醒酒和治疗胃酸过多。

十一号泉叫托鲁盖阿尔先，蒙古语意为"头泉"。此泉在沟的东面半山腰间，涌出的小溪形成微型瀑布。沐浴者通过落下的泉水洗头后可治神经性头痛。健康者益神健脑，思路敏捷。

十二号泉叫艾肯阿尔先，蒙古语意为"母亲泉"。此泉在沟的北面半山腰，由于属季节性，泉水时隐时现，到此泉求浴的绝大部分是育龄青年。据说，谁能接到此泉水可得子女，接得越多子女越多。还有的说，用双手捧水如滴水不漏才能得子女，据说是很灵验的。因而人们也称此泉为求子泉。

在温泉附近的几处岩壁上可见几幅神像，其中三只眼确金布勒汗，是守卫阿尔先温泉和监督敖都其玛努楞医德的。阿尔先温泉是多情的，尽管奔腾咆哮、刺骨寒冷，野马似的阿尔先河从她身边擦肩而过，而她依然对你流露出少女般的温情。

阿尔先温泉沟里有短小的平房，游走在近山远水的牧民过些日子，有病没病，总是要携全家来这里泡上几天，也就是城里人时兴的目的地度假旅游。有的人来自很远的地方，辗转几天也要来到温泉沟，是不是为了谈一场恋爱，这个说不太清楚，但是有的风湿病已经瘫痪了，一家人住进了泉边的小屋，这里有蒙古族医生指导，泡上几个疗程，自己站起来走着回去了。

阿尔先就是这样一个地方，遍地是花香也遍地是草药，花是用来闻的用来看的，而草药就不一样了，用来医病的，健身的！他们懂的人告诉我，阿尔先沟就是个天然药房，你若有心这儿不乏名贵药材，有的拔出来泉边一洗就能鲜食。

我国一位资深旅游度假专家告诉我：阿尔先温泉已经有科学检测结果，证明对各种疾病有非常好的疗效，泉水的总量合理利用可同时容纳五千人泡温泉。试想一下一天二十四小时，能更替多少次。如果发展度假酒店应该是一个怎样的规模，由此而带来的餐饮、交通、娱乐业又是怎样的一番情形。

　　我把脚伸进温泉沟的泉水药池里，指着山顶那沟的尽头与大夫说：再往上的深沟里你进去过吗？她说：当然，温泉沟没有你们想象得那么寒冷，蒙古族牧民冬季就在深山沟里的地窝子越冬,适当地烧点牛粪就可以了！如果阿尔先温泉的能量释放出来，巴音郭楞蒙古自治州的冬季旅游还会远吗？

罗 布 人

一

今天的尉犁县,最响亮的旅游名片就是罗布人村寨。我感觉是一种巨大的人文关怀吸引了世人的目光,它所透视出的当代意义远不止一个知名的旅游景点。

罗布泊是一首充满悲情的历史挽歌,绝唱也好,呼唤也罢,它和楼兰一样成了人类的永恒梦幻。而罗布人,以她独特的生存方式,续写着楼兰文化不朽的历史。

人是自然之子,罗布泊孕育了楼兰的辉煌,而在它轰然垮塌的背面,一直有罗布族群逐水捕鱼、不断游移,以自己别具一格的生活方式魅惑世人的目光。

从文明的意义说,罗布文明是楼兰文明的延续。至今,生活在罗布荒原边缘绿洲的罗布人,成了楼兰文明的见证。

一方水土养一方人。在罗布人的身上，深深雕镂着这方水土的印痕，独特的自然反哺繁衍着一个独特的种群。和那些站在文明潮头、轰轰烈烈引领文明进程的文明形态相比，罗布人生活在偏安一隅，他们可能更贴近这片特有土地的神性。他们的饮食起居完全来源他们生活着的这片自然。他们甚至习惯于这种简朴原始情态的封闭生活，当然，外来的文明他们也不持偏见。

他们虽然形成了自己生活的许多特质，但从来就没有将自己置身于华夏的历史进程之外。

二

日月经天，江河行地，转眼就是千年。到了康熙年间，八旗劲旅在罗布荒原的林莽意外发现了自成聚落的罗布人。由于极度封闭，他们又回到了刀耕火种、结绳记事的蒙昧时期。他们自称罗布人，也就是生活在罗布荒原的土著居民。

罗布人和西域历史上的众多民族都有联系，也有人认为罗布人是蒙古人和雅利安人的混血，也有学者认为是柯尔克孜族的后裔，近代以后和维吾尔族融合更加深刻。但更多的观点支持罗布人是一个古老的土族民族。

我们深信一个有生命力的民族必然是一个性格开放

和具有开拓精神的民族，是和其他文化有过更多交流和融合的民族。

罗布人都有一个突起的鼻子，有高的颧骨，有明亮的大眼，在眼眶中白眼球比黑眼球的面积小。不论男女都披着棕色的长发，说着含混不清的罗布语。

三

罗布人为单一的食鱼民族，在塔里木河周边，是唯有与水和鱼纠葛这么深的民族。

罗布人以渔猎为生存方式，鱼是他们最喜爱吃的食物，也是物质生活标志性文化的特征。鱼被罗布人赋予极为丰富的文化意义，不仅是物质的，也是精神的。罗布人在他们的各种歌谣欢唱中，有不少与渔猎生活有关的内容。

个体将自己的存在、自我意识和自我表现与鱼连在一起，通过姓名的方式将鱼以及与之相关的所有经验知识和认识体系纳入社会生活领域内，为个人记忆的社会化提供必要的前提。鱼是一个文化标识，正是这些文化标识把他们自己联系在一起，也就是这些文化标识使他们与别的群体相区别。

简言之，对于罗布人来说，鱼是个永远的话题。在罗布人的文化体系中，鱼以及捕鱼生活相关的所有文化行为对他们赋予丰富的象征意义。我们可以假定，如果没有鱼，罗布人的社会文化中可能无话可谈了。

捕鱼一般都是两个人一伙，一个人负责划卡盆，另一个人撒网捕鱼，或用渔叉叉鱼，或用木棒打鱼。捕鱼回来，一任全村各家随意取食，食尽为止，不分彼此。

罗布人不习惯在干旱的平原地带生活，一旦离开了水，生命的茂盛状态就会大打折扣。早期罗布人不种五谷，不牧牲畜，唯划小舟捕鱼为食，或采野麻，或捕哈什鸟剥皮为衣。罗布人没有货币概念，只是物物交换。他们划着胡杨独木舟穿梭在被芦苇丛包围的狭窄水道里，从一个鱼塘划向另一个鱼塘。

一九〇六年，斯坦因在罗布人向导的引领下走进了罗布人村寨，受到了罗布人的盘查，他万万没有想到在这个荒凉、寂寞的地方，却遇到了不畏强权、维护国体的罗布人。这个一直对中国人不够尊敬的西方学者感慨地写道：在罗布荒原这人烟罕见之处，大清国体仍在，而罗布人则是荒原当之无愧的主人。

岁月在成全他们，也在悄然改变着他们。除以鱼为食外，罗布人后来也采集广泛生长在湖水周围的蒲草茎叶、花等食用。蒲草花含有一种油脂，新鲜时有点黏，其营养价值就在于此，这种食物也是罗布人长寿的一个重要原因。

　　春秋还吃野鸭，冬天则吃黑熊和野驼肉。这种简单而自然的生活方式使罗布人的寿命普遍比较长，活到百岁以上是很平常的现象。罗布人长寿秘诀的研究，对当代人来说无疑有极高的研究参考价值，他们长寿与他们在自然环境中食用天然食物有直接关系。把胡杨掏个洞就会有水流出来，他们就用这种水来发面。

四

　　一定的居住方式总是和自然环境、风俗习惯、社会发展等诸多因素相互作用的结果，逐渐积淀形成了鲜明的民族传统和地方特点。

　　罗布人早期居住主要是窝棚式，分为芦苇棚和红柳枝棚两种，四周用胡杨干作为柱子，然后在扎成的芦苇或红柳墙上糊上泥巴。在棚顶中间有采光之用的天窗做烟囱。屋内没有床，只在地上铺以兽皮或羊毛毡。起风的日子，仿佛涛声掠过。而夜晚如乳的月光就会透过苇子墙的缝隙，抹在男欢女爱的罗布情人身上。

　　也有用胡杨椽子搭起了架子木屋，用草泥在外面抹平，顶上铺芦苇，底下支起木板通铺，再铺以兽皮或羊毛毡。

还有一种洞穴式的地窝子房屋，是尉犁喀尔尕乡罗布人居住比较普遍的样式。一般都在河沿岸，冬暖夏凉，适合人的居住。被褥叠放在屋子内角处，衣服挂在木桩上。生活用品有砂鼎、铜壶、铜盘和陶碗外，还有木桶、木盘、葫芦和皮袋等用品。

五

服饰是人类劳动成果的体现，也是罗布人内心审美要求的外化。罗布人的衣服就地取材，用罗布麻或鸟兽皮制成。一切都是自然馈赠的，他们把自然赐予的这种秉性演进成某些特有的着装习俗。麻，作为一种较易栽培、纺织的植物纤维，有着坚实耐磨、御寒透气的特点，因而曾经在罗布人当中得到了广泛使用。捻麻线和织麻布是罗布人妇女主要的生产活动之一。罗布麻是塔里木盆地特有的植物，是优质的纺织原料，楼兰出土的三千八百年前的女性干尸就穿着罗布麻织的衣物。

男女都习惯于冬天戴皮帽，夏天戴花帽。夏天男人主要戴瓜皮帽、女人戴窄边的无花的用纤维做的帽子。罗布人的帽子外翻的前沿，开一个豁口，状如"凹"字，有自己的特点。

罗布人穿用手工编织的麻纤维衬衣。男人穿无领对襟长衫，妇女穿圆领宽松的直筒衫。还穿侧面开襟短上衣及无领或肾状领的长外衣，女人外衣的两侧开缝。无领外衣从领口到衣襟及沿衣襟要沿边花。习惯用黄铜做铃状衣扣、用布做串珠状衣扣并佩带银币或串珠。男人的衣服不带扣，习惯束腰带。冬天，男女都穿用羊毛或棉花做夹层的外衣或皮袄。男人一般穿光面皮袄，女人用当年或初生羔羊皮缝制皮袄，一般都带面而缝制。姑娘及少妇们习惯在花帽上插鸳鸯羽和串珠。

罗布人把羊皮和猎获动物的皮作为主要服装来源，充分体现了最为原始的狩猎生活方式的基本特征及生活面貌。

罗布人的手工艺品是一个缤纷的世界，彩色线毯、印花布、绣花枕头等。作为一种客观现实存在的文化形态，不仅是民族文化的一种重要存在形态，同时还发挥着重要的文化作用。它不仅影响着罗布人的衣食住行，还影响着罗布人的价值观念、行为准则、认知方式。也就是说，不仅具体实在地构成了生活内容的物质世界，又构成人文风俗的文化基础，成为风俗习惯的具体内容，具有很强的现实意义。罗布人生活中一件绚丽多姿的服饰、花帽、刺绣等手工艺品体现出吉祥、幸福的民俗观念。同时也是一种文化符号，并在实际生活中作为一种无声的语言参与罗布人的生活。

　　罗布人的手工艺术也在不断升华，它包括感性的、理性的、潜隐性等，经过漫长的岁月磨洗、历史沉淀，融合地域文化、风俗民情、民族习惯、伦理道德等，让其使用者感受到精神上的自由，得到心灵上的愉悦。这也就是罗布文化的魅力所在。

　　罗布人作为干旱地区少有的特殊人群，长期渔猎为生，过着流动分散的生活，同时与周边的其他民族的互动中保持自身独特的干旱绿洲文化特点，以及强烈的族群认同观念和社会行为模式。

六

　　作为楼兰文化的守望者，罗布人面对艰辛从容不迫，我们从那些渔民的生活状态中也可以感受到这一点。因为生存环境的恶化而塑造强大生命力的各种故事。罗布人在与贫穷、饥饿、严寒长期周旋的过程中，形成了忍辱负重的性格。

　　待日子久了，自然与外界相处就会产生隔阂，其实他们很难有能力跨出这种既有的生活。但是，只要有外人造访，罗布人全村出动，以最热情的方式接待客人，少女们也会和客人一起参加聚会，健康、活泼的基因此刻会释放得淋漓尽致。

　　斯文·赫定到过罗布人村寨，还有一个意外的收获——药死一只老虎。考古学家杨镰一九九〇年前往斯德哥尔摩参观斯文·赫定故居时，看到他办公椅上铺着一张虎皮。工作人员介绍，他死于一九五二年，就是坐在这张在罗布人村寨获取的虎皮上离开人世的。

　　这是一个腰杆挺直的族群，像胡杨一样死后也不能倒下。死者身穿罗布麻做的五件寿衣，躺在生前使用过的胡杨舟里，用另一条胡杨舟合上、盖好，再将它绑起来，直立于芦苇荡中。直到今天，它们仍屹立于茫茫风沙中，成为一道苍凉的景观。这也是罗布人生生不息的一个原因吧！

　　在罗布人村寨，当我遇到了那几位罗布老人时，他们的皱纹里可是藏满几天几夜也说不尽的历史故事。别看他们上百岁了，还是幽默豁达，把消失的故事传扬得新鲜常青。

玄奘惶恐宿一夜
季老惊世解天书

一

一个中国人，如果向西部瞭望，总会有几个人的名字挥之不去。譬如说张骞，作为大汉的使者，他从长安出发往西去，中华文明也就向西传扬了，那个时候东西方的各个民族经历着大迁徙，中华文明从先秦时期就来到了这里，到了汉代，我们的综合优势也就格外地显示出来，对西域实施了管辖，保障了丝绸之路畅通，国家的版图也从此就向西延伸并固化下来了。

其实张骞出使西域之前，中原地区与西域的交往，已经因为各种原因而广泛存在，汉武帝派出的张骞使团只是提供了一个契机，正式揭开其以往不大为外人所知的面纱，并将这条东西文明流动的通道改由官方出面主导而已。

如果接下来再要说一个人，那就当属玄奘了。从传经、讲经的角度，他通过这条横贯亚欧大陆穿越二十七个国家的丝绸之路把不同的国度和文化联系在一起了，最远的地方到了罗马帝国的东部。

西域地区其实是世界文明的交汇点，两河流域的波斯文明、古希腊罗马文明、印度文明和中华文明都在这里汇聚。而在充分吸收这些文明的同时，西域也没有被这些文化的洪流所吞没，而是经过自己消化吸收，形成了适合本地区本民族特点的独特文化。在这里可以找到众多古代文化的影子，同时也可以感受到西域文化的独特性，这正是西域文化的魅力所在。

西域这个地方太神奇了，一方面孕育了文明的成果，一方面文明的成果又被西方人大量盗取。仅文物就流出去了上万件，流到了上百个国家，只要有西域文物的城市就可以独立建一个博物馆。我们在焉耆七个星佛寺遗寺看到的只是复制品，而大部分的壁画和雕塑都被那几个外国人盗走了，而有些照片也是外国人拍下的。我的东西被别人拿走了，主人该是怎样的心情。当然我在这里关注的不是那些盗走、骗走中国文物的外国人，而是通过七个星佛寺遗址说说玄奘和季羡林先生的故事。

小的时候我生活在丝绸之路经过的一座边境小

城，有一个过境的山口叫别迭里山口，那边就是历史上的碎叶古城。我父亲让我看了一本书叫《大唐西域记》的书，书中玄奘说他自己就是从这个山口出境到印度取经的。从那时起，只要说到西域就离不开这个人和这本书。整部西域史都是这样，只要和玄奘关联上那就有故事好讲了！

前些日子我约了几个朋友到了焉耆漫旅，自然要看一下七个星佛寺遗址的。焉耆盆地这片古老的土地同样是这样，据可靠的历史记载，玄奘在焉耆也就住了一个晚上，但这不是一个简单的晚上，他在《大唐西域记》里用了三百多个字来记录当时焉耆这一带的情形，这就弥足珍贵了。焉耆盆地四周被天山环绕，形成了特殊的山间盆地。焉耆县境内发现的文物点有四十余处，七个星佛寺遗址是国家级文物保护单位，接下来就要数霍拉山佛寺遗址和博格达沁古城了。

二

七个星佛寺遗址距今已有一千七百年的历史，在整个西域它是仅有的融佛塔、佛殿、讲经堂和僧房生活区并存的完整建筑群遗址，它的唯一性也就是它的价值所在。佛寺遗址占地面积逾四千平方米，寺院遗址分南、北两大部分，由地面寺院建筑和洞窟建筑两部分组成。壁画非常精美，佛像造型丰满祥和，具有犍陀罗和中原的风格。

七个星的史事只不过是西域整体历史中的一些枝节片段，但是它并不孤立，在时序上每一个片段和细节都有无数的前因后果。在空间上虽然它有太多的残缺和荒凉，但是我们在追忆历史的时候它给了我们太多怀古的气量和格局。所以我们要好好珍惜它，看看怎样才能更好地还原它的原真本貌。

在这条古老的传经路上，只要是玄奘去过的地方，这方水土一下就增加了分量。《西游记》里描写说唐僧似乎不识人间烟火，是一个好坏不分、软弱无力的唐僧，而历史上真正的唐僧玄奘，则是一位卓越的翻译大师、学贯中西的佛学家、功德圆满的佛界高僧、佛教文化的传播者。西域古道因他而自豪，丝绸之路也因他生辉。《西游记》唐僧的故事在焉耆也被演绎得如火如荼，《西游记》书中记载的通天河就是今天焉耆境内的开都河，一虚一实，亦真亦幻，共同在焉耆大地演绎着一页不朽的历史。

玄奘在焉耆只住了一夜，而且没有受到焉耆王的待见，只是躲在一个没有人知晓的林子里露宿了一夜，那一夜本来是有几个商人和玄奘随行的，他们一看焉耆的王并没有礼遇玄奘，睡到半夜就悄悄溜走了，次日就离开了。玄奘披星戴月、怀揣夙愿到了焉耆怎么会出现这样的情形呢！有几方面的原因，一是玄奘信奉的大乘佛教，而当时焉耆地区流行的是小乘佛教，玄奘不受欢迎也就再自然不过了。二是他出示了高昌王为他准备的二十四封信里的一封。岂料焉耆王看过以后脸色大变，连马都不肯给玄奘换了。这又是为什么呢？因为高昌王的信就是要为玄奘拓展空间，可是玄奘忽略了高昌王可是焉耆王的克星，还经常去侵扰焉耆，动辄派兵到焉耆抢东西。显而易见焉耆王自然会怠慢这位传经大师，而玄奘的机警和睿智可见一斑，远不是《西游记》里那个不识人间烟火的唐僧。他迅速撤离到了一个安全地带，在荒郊野地里露宿一夜悄然离去。

玄奘为什么历经艰辛也要来七个星看一看，还带着高昌王的信件，也就是说这个地方从佛学以及整体的意义上说是玄奘必须来的一个地方，因为整体的分量就摆在那儿。但是命运多舛，当时的焉耆没有给他机会，不过他回到长安后还是为焉耆写下了浓墨重彩的一笔。如果玄奘不走，中国的西域史可能就不是今天的面貌了。

虽然只是停留了短暂的一天，玄奘依然留下了关于古焉耆极为珍贵的记载，玄奘的观察力和睿智可见一斑。《大唐西域记》关于焉耆的记载不足三百字，但是信息含量很大，内容包括土地周长、风俗、水文、地理、土特产等。泉流交错，饮水浇田，土地肥沃，气质和畅、风俗质直。还说了焉耆当时的文字取自印度，微有增损，看来他对文字是非常敏感而精细的。大家知道《大唐西域记》是玄奘从印度回来以后写的，因此他的这种记载就很可信。玄奘还说到了当时焉耆的治安情况不敢恭维，他只是匆匆过客，一入境就发现了山贼，于是玄奘就给了他们赏了一些东西，贼也就高兴地跑了！

在焉耆的那个晚上，玄奘就睡在了王城附近的山谷里，原本与玄奘结伴而行的几个商人为了早点赶到市场上去做生意，半夜爬起来悄悄溜走了，后来这几个人还遇到了不测。"伽蓝十余所，僧徒二千余人，习学小乘教说一切有部"。《大唐西域记》真实记录了当时焉耆传习佛教的盛况。

玄奘西行为了躲避关卡，是沿北道和中道交叉而行的，回程则差不多是沿南道而归，实际上是将丝绸之路的三条道走遍了，其中的困难和艰辛可以想象。

焉耆也就成了玄奘整体性行为不可分割的一部分，每个人都可以从自己的视角来观照历史，横看成岭侧成峰，七个星存世的完整还可以被每一个个体解读出不同的味道，这就是历史的魅力所在。其实对历史的眷顾也是在眷顾我们自己。

三

我们尽量把那些历史的发现和遗存的内在含义搞清楚，目的还是为了更深地了解我们自己，了解自己的历史。以史为鉴，过好我们今天的生活。如果一个民族整体健忘，又怎么能处理好当下的事物呢。

一九七四年冬天，在佛寺遗址的北大寺前的一个灰坑内发现了文书残页共四十四页，双面书写婆罗密文。当时谁也不认识。当时在国内能解读这部天书的非季羡林老先生莫属了。新疆文物部门就把照片送到了季老处。季羡林先生很快就辨认出这是用甲种吐火罗语写成的《弥勒会见记》剧本。季先生当然十分清楚这部吐火罗文的价值，所以，在接到这批资料时，虽然已经年逾古稀，却毅然决定利用早年在德国学习的吐火罗语知识，来解读这部"天书"。

从此季先生开始研究这部"天书"。季先生前期发表吐火罗语《弥勒会见记》的成果，主要是用中文写成。后来考虑到吐火罗语研究这门学科的国际性，最终决定用国际学术界最通用的英语来发表全部转写、翻译和注释。

在焉耆出土的吐火罗文《弥勒会见记》是一个了不

起的发现，它既是一部佛经，也是一部文学作品。一方面弥补了印度戏剧史和中亚佛教传播史上的一个空白，另一方面又对中国戏剧史的研究做出了重大贡献。吐火罗文是世界上最难解读的语言，因为吐火罗文属于印欧语系的西支，而发现的地点却在印欧语系各种语言分布区域的最东端，其中不少词汇早已变形或消失，给解读带来了极大的困难。

国际著名的东方学大师、语言学家、文学家、国学家、佛学家、史学家、教育学家和社会活动家季羡林先生，历任中国科学院哲学社会科学部委员、北京大学副校长，是北京大学的终身教授。早年留学国外，精通英文、德文、梵文、巴利文，能阅读俄文、法文，尤精于吐火罗文。他和七个星佛寺发生了奇妙的不解之缘。这要从二十世纪七十年代说起。一九七四年冬在佛寺遗址北大寺前的一个灰坑内发现的文书残页，共四十四页，双面书写婆罗密文。当时谁也不认识，八十年代，新疆博物馆把这批写本照片送给季羡林先生，请季老解读。季老很快辨认出来这是用甲种吐火罗语所写的《弥勒会见记》剧本，也是国内发现的最古老最长的一部剧本，内容展现了佛教东传的路线。共发现四十四页，两面皆书写焉耆语。此剧本是焉耆圣月大师由印度语梵文改写编成焉耆语的一部大型分幕剧作。

这部天书极具研究旨趣，说它价值连城也不为过。通过这部残卷的解读，可以增加辨识的吐火罗语词汇，可以积累吐火罗文的语法形式，可以弄清一些吐火罗语名词和动词的变化形式，进而可以讨论和检验前人关于印欧语系诸语言的关系问题。

《弥勒会见记》残长二十一厘米，宽十八点五厘米。这个剧本内容之一是：一百二十岁高龄的波罗门波婆离在梦中受到了天神的启示，想要去拜见释迦牟尼如来佛，但自己已经老态龙钟，不能亲自前往，便派弟子弥勒等十六人代替他去向佛辞敬，恰好弥勒也在梦中受到了同样的启示，便欣然答允，波婆离告诉弟子，释迦牟尼身上有三十二个人像，看到这些人像就是如来佛了。

《弥勒会见记》的发现反映弥勒信仰在西域传播的状况。焉耆版本《弥勒会见记》的出土，充分说明了这一信仰在西域的盛行。在七个星佛寺遗址的三座弥勒像作为主尊供奉的佛堂，也说明了此处对弥勒独特崇拜。吐火罗文《弥勒会见记》的研究，开拓了敦煌学研究的新领域。季先生以古稀之年，克服重重语言障碍，用国际通行的英文，解读"天书"般的吐火罗语文献，在向来被认为是研究西域古代语言文字中心的德国出版这本专著，在解读焉耆的同时，也把敦煌学的研究成果推向了世界。

　　不要让大家误解历史的最好办法就是大家都来钻研一点历史，如果一个民族的整体对历史有一种敬畏或虔诚，哪怕是比较点滴的真相，那么也可以达到一个民族对历史的自觉。

　　在焉耆大地，怎样才能让古老的文化遗存推陈出新，是一个很有挑战性的时代命题。国内一些文化企业或资本方也在关注焉耆，复活楼兰或西域古城，怎样给旅游注入文化的灵魂，怎样让旅游变成全域旅游，党委政府更是秣马厉兵，谱写新时代壮怀激烈的雄浑交响。

焉耆美食塞上娇

中国文人往往借重西域来表达自己的人生理想。南宋诗人陆游《焉耆行》:"焉耆山头暮烟紫,牛羊声断行人止。平沙风急卷寒蓬,天似穹庐月如水。"看看,焉耆的风景还不错吧!种出来的庄稼自然也不会差。所以说美食是自然天赐,如果没有上好的食材,也就没有美食的前提。

在旅游的吃、住、行、游、购、娱六要素里面"吃"列为第一,原来吃是头等大事,难怪中国人说民以食为天,其他也就排后了。

不要说新疆旅游了,就是到了焉耆,能游的地方实在是人太多了,但是吃就不一定了,天时、地利、人和,离了哪一样都不可能。其实旅游说得简单一点就是没有吃过的东西尝一尝,没有见过的东西见一见。那么吃的学问实在是太深了,就像焉耆美食,如果把它搬到北京或任何一座城市，它的味道也就变味了，不正宗了。所以，吃在焉耆。焉耆美食这种独到的口感不要说一座城，就是一个国也是独一无二的。

博湖人告诉我：博湖鱼要用博湖的水煮，如果搁在库尔勒味道也不正宗了。尉犁的羊也是这样，只有到尉犁吃才能吃到正宗的。

焉耆这个地方特别适合万物生长，它的阳光胜过法国的波尔多，土地含富硒的绝对值也是全世界最高的。更主要的是焉耆回民，他们从陕甘宁一带迁徙来的时候，祖上就把这些融化在气质里的绝活带到了焉耆，再经过他们几代人出神入化的灵感烹饪，才就有了独一无二、扬名天下的焉耆美食。

科学技术的权威检测，证明了焉耆土地的富硒含量，再加上最适合作物生长的光热资源，自然就产出了最好的食材，加上自古最会烹饪的名师和回民女性，由此而诞生的焉耆美食也就可想而知了！

有人说回族女性的心性特别缜密又有灵气，她们的艺术标杆花儿的形式美就有这样的魅力，而体现在美食上就显得更有特色。味觉的东西要用味觉去体验，文字在表达味觉方面也是无能为力的。就像乡愁，是生命给予你的馈赠，无法买卖，甚至无法言说，是一个人心灵栖息的家园。

　　焉耆是回族自治县，主食以面食为主，馍类就有花卷、塔锅盔、糖酥馍、油酥馍、烘馍、蒸饼，各种花样的蒸馍、油炸饼，各种油果子、傲子、麻花等。吃作为一种文化，也会随着人们生活品位的提高更讲究了，人的味觉也会精微多了。面条类有干拌吃的醒面、把子面、拉条子、片片揪面、韭叶切面、拨刀子面、炒面、蘸片子。单说拉条子从面说起到最后入口，整个过程就是一门精湛艺术的创作过程，对于时间、力量、水分的控制简直就像画国画，只不过国画最终表现为水墨意韵，而焉耆面食表现为口感。谁又能分出各自的难易程度呢！

　　带汤吃的有烩面、揪片子、寸寸子、炮丈子、疙瘩片面、擀面、面条、面旗子、臊子面、拌汤。我和一位回民烹饪大师长时间地探讨了汤饭的口感，说到要紧处简直就像艺术创作的有意无意之间，就是自然天成的神来之笔，和一个人的精神境界和性格修为都有着十分紧密的内在联系。就像焉耆美食，如果没有这个民族对生活的热爱和对品质永无止境地追求，是创制不了如此闻名遐迩的美味佳肴的。此外还有搅团、凉粉、粉汤、凉皮子、面筋、饺子、粉汤饺、包子、油塔子、肉龙、油炸糕、火烧、水煎包子、切糕。肉食有腊牛羊肉、酱牛羊肉、煮牛羊肉、羊杂碎、凉拌牛舌、全牛汤等。

　　我们把一种用火烧出来的美食叫作"火烧"，火烧皮薄酥脆，肉质鲜嫩，搭配青椒等蔬菜，有脆饼的酥脆口感又有羊肉的鲜香，青菜去腥，色香味俱全。焉耆火烧有自己的特色，深受吃货们的喜爱。有许多人专门驱车赶往焉耆品尝色泽金黄、外皮酥脆、内软韧的咸香鲜美肉火烧。焉耆"糖火烧"更是香甜味厚，绵软不粘。

焉耆炸油糕的奇特之处在于它不是在案板上操作，而是在烧开的水锅里，放入适量羊油或清油，倒入少量碱水，然后徐徐加入面粉，边倒边搅，直搅到面稠至八成熟，取出放在面板擀薄、切块稍凉，再往熟面里揣凉水，揣揉至面软。在醒面的工夫，可备料拌馅，主料由碎花生米、碎核桃仁、青红丝段、葡萄干、白砂糖、蒸熟的干面粉等拌匀既可。这时锅中入油烧至七成熟，将和好的面揪成小块，擀圆包上馅，手压成扁饼入锅炸至金黄起泡。

色泽浓烈的盖饼红烧牛肉，这道菜也是很多游客或美食家津津乐道的。走进焉耆、走进食街，一股浓烈、绵长辣香的肉味，不时飘进鼻孔，再猛吸一下以至于鼻翼竟鼓成"蒜形"，好像被谁牵着鼻子，自己乖得就像一只小羊羔。等推门进店时，满屋子都"灌"满了焖饼红烧牛肉的香气，锅里的肉咕嘟咕嘟地翻滚着，禁不住用薄铲悄悄揭开锅盖，锅中的发面盖饼层层柔软、叠叠诱人，层层叠叠均被黄亮的香豆面抹过，盖饼的下面是饱含佐料香味的牛肉片，在红色的油汤中舞动。我想象的焉耆红系列也是可以把它放进去的。

在焉耆有一道汤饭叫"皮条拉石头"，主要是为了体现粉条的劲道才取了这样一个名字吧！实际上就是粉条馄饨和粉汤饺子。功夫主要还是在羊肉臊子上，当然老醋、香菜、食盐、生葱、醋、油泼辣面子等一样也不能小视，也有人叫作酸汤水饺。

在焉耆解放路的巷子深处有一家祖传的美食"索老大糖枣粽子"，走进街巷，仿佛走进了一个悠远的时光隧道。对一个行者来说吃是第一位的。人们常说的旅游六要素"吃、住、行、游、购、娱"，也是把吃放在第一位。那么冲着美食到焉耆也算不虚此行了！

糯米粽子泛着银光，头顶红枣的圆和粽子的三角形，成了一个极具审美特质的造型，躺在盘中错落有致，黄亮糖稀里的样子显得憨态可掬，装入盘中就像一座和田玉山。伸出筷子夹起一个粽子，蘸点糖稀，轻咬一口，糯米软乎黏甜却不腻。而焉耆的红枣果肉厚，味道甜，沁入心脾的后味，一直会在你的味觉感受中长久地回流。

焉耆还有一道名食叫香辣凉皮。凉皮，据说是从唐代"冷淘面"演变而来，焉耆的随便一景，随便一吃，动辄上千年的历史，就像焉耆的历史一样。凉皮以"白、薄、光、软、精、香"而闻名。特别是新疆各族的美女就把凉皮当饭吃，也许这样的游客也很多吧！

凉皮的传承主要是它的汤料，卤汤的香和油泼辣子的香都有绝妙的讲究在里面。同样的方法做，一旦离开焉耆那种精绝的味道也就找不到了。

在焉耆美食中胡辣羊蹄是最博人眼球的。如果说回忆已经没有意义的话，你就直接吃吧！你手抓一只绵柔香软的胡辣羊蹄，先闻扑鼻佐料和肉骨混合出来的一种独特香味，张嘴品嚼烫辣就直抵你的味觉神经，当你轻轻地呼吸，香便即刻占据了你的口腔，细细品嚼，鲜、香、辣、美的滋味格外入口，就算是高端带鱼子酱和鹅肝的法式西餐也无法与之媲美。

品尝胡辣羊蹄时，一般手执而食，尤在夏秋季节，吃胡辣羊蹄喝新疆啤酒，胡辣羊蹄味道鲜美不腻，辣而味美，很让人回味悠长，可以说是一种邀朋聚友的最佳消闲方式。

焉耆以"羊杂三吃"而出名。所谓羊杂三吃，就是汤羊杂、干羊杂和炒羊杂这三种吃法。焉耆是南北疆的交通要冲，从前火车和高速公路没有开通，焉耆是人们路过不能不停下来歇息的一个地方。那么羊杂也就成了必食的一道菜，当然也是可以当饭吃的。现在火车高速开通了，过客少了，而慕名而来的美食家更多了！

杂碎就是牛羊的头、心、肺、肠、胃、四蹄等。

焉耆的羊杂三样，汤羊杂就是烩出来的杂碎汤，干羊杂就是煮出来的面肺子和米肠子，炒羊杂就是爆炒黑白肺。同样是羊杂，因为焉耆羊肉独特，加之烹饪精细，使焉耆羊杂的味道在全国也是首屈一指。焉红湖绿乳白汤，酥脆绵软味香醇。天山南北觅美食，再美不过羊杂碎。

焉耆食客九回头，夜夜伴香入画屏，熬出骨感穿肠过，醉美不过丸子汤。丸子汤继承了回族的传统美食"九碗三行子"，在它的基础上演变而来。丸子汤的汤可是很讲究的，要把牛肉的牛骨头一起熬制很久才能出来如此美味的高汤。做丸子也得是绝活，用新鲜牛肉入料，炸熟炖到汤里，外脆里嫩、口口透香。

九碗三行子，吃了长面子。逢年过节或嫁娶喜庆待客人，大部分人家仍然做传统待客菜看"九碗三行子"席。

焉耆美食的压轴大菜九碗三行子。"九碗三行子"是回族正宗的宴席，宴席上的菜，全部用九只大小一样的碗来盛，并要把九只碗菜摆成每边三碗的正方形。这样无论从南北或东西方向看，都成三行，故名"九碗三行"。这种宴席不仅摆法有讲究，而且上菜时也有一定的规范程序。因为它的历史，民间也有"九碗三行子，实惠长面子"之说。"九碗三行子"中同样有丰富的文化内涵，它不只是一道简单的菜肴，如果取掉中间的水菜，再仔细看就是一个回族的"回"字，九在回族人的心目中是个吉利的数字，当平整的丈盘里盛着九碗三行子端上来时，其实已涵盖了人们最朴素的祈愿：天下太平。这样，菜肴中的文化味道也就随着菜的香气飘过来了。

随着社会的发展，时代的变迁，现在的"九碗三行子"已融入了各民族饮食的特点，但不管怎样变，菜肴的内容花样怎样翻新，这道美味佳肴的摆法永远都没有改变过，人们吃的是秀色可餐的菜肴，品的却是其乐融融的文化。

在这块上苍赐予的风水宝地上，焉耆人总是游刃自如地采得天地之灵气，用难以言说的睿智和灵动，在案板与灶台之间，用锅、碗、瓢、勺，油、盐、酱、醋谱写了一曲引领时代的美食交响。

他们总是与时代同行，总是在不断研究大多数人不断变化着的美食心理，满足需求，引领发展。向精细化、多元化方向深耕，满足不同层次的多元化需求，汇天下之精华，扬独家之优势，使焉耆美食异军突起，在强手如林的美食丛林中独领风骚，熠熠生辉。

太 阳 在 上

　　站在地球上瞭望天空，距离太阳最近的地方就是高原。上了高原，就和太阳、云朵、雪山融合在一起了！你就会有一种在天上舞动、在云中行走的感觉！

　　澄澈的天、朗碧的云。距太阳越近的地方人烟往往稀少，就会显得干净！川藏线上一路驱车，越往上走越有这样的感觉！

　　第一夜住在康定县。西部歌王王洛宾创作的《康定情歌》早已耳熟能详了，但康定只是一个概念，只知道这里是孕育了"康定情歌"的一方水土，所以也格外神往！放眼极目，果然还有跑马山，缠绵悱恻的溜溜云上阳光温暖，蓝天碧透！

　　坐落在跑马山下的情歌广场，四面八方慕名而来的游人川流不息！康巴美女或汉子们身怀绝技，倾情献艺！格桑花的气息扑面而来！我想每一个上高原的人，心里都藏着各自的"康定情歌"，时间久了，有些会被淡忘，有些或许散发出更恒久的芬芳！

二十世纪九十年代初，那时我是个把记者当作无冕之王的新闻人。在乌鲁木齐见过《康定情歌》的作者王洛宾。那时候，他已经是高龄了，和三毛的故事传得沸沸扬扬！但他说他还要活五百年！言语间透着对音乐的自信！

斯人已逝！他创作的那些脍炙人口的情歌，只要是在有人群的地方，一定会长长久久地传唱下去！地域河山都被他的情歌融化了，又何止五百年呢！当时，我总有一个感觉，王洛宾是新疆的，但后来走的地方多了才知道，我错了，王洛宾是世界的！难怪三毛要来追他，他是我们这个民族的稀世之宝。艺术就是这样，靠心灵的力量把至深至真的情感聚合在一起了！精神不朽、爱情不朽也许就是这个道理！

当然，我们总是活在当下，走着走着，某种关乎心灵窖藏的情境就会和你当下生活不期而遇！从中裂变出新的生命蕴涵！人这一辈子，经历了多少悲欢离合、喜怒哀乐都是有益的！反过来想，又有多少人真正活出了生命呢！是不是有某种超越生命的东西真真切切地存在？

生命短暂，一个珍惜自己生命的人，总会时不时向自己提出这种拷问！如果一个民族，追问生命含义的人多了，那么这个民族总会有一些人走在灵魂的高处！

一个人独自行走高原！走着走着，你在看别人的风景，别人也在看你！也就有了一些属于遐想层面的故事，有了走向陌生的勇气，有了人生长河中人生格局、人生格调方面的思考！在川藏高原，你总是不断地看到孤独的行者！有的匍匐，有的骑车！有壮汉也有显得柔弱的少女！他们说要花掉几年的积蓄，用一年的时间，走一趟高原，目的地就是拉萨！我常常反躬自问，我能一个人背着行囊独自行走高原吗？我想，这颗种子一定是埋下了的！

人为什么不能两次踏入同一条河流？就是因为一切都在流动、一切都在变化，每一个当下都是鲜活的、精彩的！这可能就是生活的魅力所在吧！高原的暖阳，我是你的过客，我在享受此刻的时候我就在想，我还会来的！

关于这片土地的传说，无论是历史还是文化，有着太多的神秘和魅惑！那些深怀一颗虔心转山转水的藏民，那些来自高原的天籁之音，跑马山上溜溜的情歌。仓央嘉措的那些诗和格桑花下不朽的爱情！随便一景，随性一情，都会在这高原上流淌！

人为什么要旅行，就是因为心灵渴望风景触动：白云朵朵向前飞，载着我的灵魂，载着我的梦！在这圣洁的雪域高原上，我只看到了孤独的雄鹰！

你说红尘有爱，但也有太多无奈！为什么太多的人把爱固化在只如初见，也许就是人性、人心太善变！

当夜晚来临的时候，天气总是寒冷，我多想潜入你的身边，把呼吸融入你甜美的睡梦，我把手伸向朵朵白云，扯成温柔的丝被，轻轻地盖在你的身上！

在我们这个蓝色的星球，还有最后一片净土：稻城亚丁！被誉为香格里拉之魂。

光绪三十三年，因在这里试种稻谷，定名为稻城县。而亚丁更是这个县的国家级自然保护区。是皇冠上的一颗明珠。亚丁的三座神山集中了青藏高原的雪峰之美、冰川之美、草地之美、海子之美、森林之美、人文之美。温暖的阳光，照在冰凉的雪山上，金属般刺目的光与云团相拥在一起，在这伟岸的天和地之间幻化出稀世的人间仙境！不经意间，被这闪着泪光的洁净冰峰所感动，让你泪流满面！

人类来到这个星球有上万年了吧！高原上的地质沉积岩，远古的时候就是从汹涌澎湃的海底隆起，亿万年间，它们就安安静静睡卧在那里，一幅超常稳态。这片净土在香格里拉的极地高原上，是不是因为人迹罕至，所以才成为圣域高原上的一片净土！人啊人！也不知道把多少地方污染了！由此我也想到久居这里的藏人，为什么如此虔诚，如此相信来世！说来话长了，人是需要有信仰的，因为信仰，让我们生活得有敬畏之心，生活得不那么肮脏、可耻！

川藏公路也是一条传经之路，五天时间行进了两千公里，一路的佛寺庙堂，特别是那些不计其数的玛尼石堆，那些朝山转湖的信徒们，路过时总要丢下一颗石子，为善良祈祷，为平安诵经！

暖阳之下的"风马旗"格外耀眼，这些彩带是不是为匆匆的旅人们观赏布置的呢？后来我才确切地知道，是高原藏民为佛事活动自发准备的！每一座山都是令人敬畏的神山，每一根布条都寄寓着佛徒们的心灵祈愿！其实在这片土地上，无论纵到天，横到边，总有太多的难以言说的心灵震撼！你会觉得太阳下面的高原上有一种比生命还要高贵的东西，一种永恒之美！

高原随处可见的风马旗，一道炫彩靓丽的风景。风马，藏语称为"隆达"，隆为风，达为马。"风马"的确切意思是："风是传播、运送印在经幡上的经文远行的工具和手段，是传播运送经文的一种无形的马，马即是风。"风马旗上的五种颜色从上到下的顺序，严格固定且不能随意创新。蓝色表示蓝天，象征勇敢机智；白色表示白云，象征纯洁善良；红色表示火焰，象征兴旺刚猛；绿色表示江河，象征温柔平和；黄色表示大地，象征仁慈博爱。

人与自然总是在试图重构一种关系，否则我们就不会认同：人生就是一场没有终极目标的漫旅！人在自然面前实在是太渺小了！记得我在谈画的一篇文章里说过：人活不过一棵树！但无论怎样，我们都会在心里为自己确定山水的高度，让灵魂追逐它！景仰它！由此你活在一个什么层面上，你就能确切地认识自己！

稻城亚丁，有多少相遇，就会有多少离别！有位叫多吉的亚丁风景区的康巴汉子告诉我，每天都有善男信女络绎不绝来亚丁祈福、来亚丁圆梦！稻城亚丁就是这样，无论从任何一个方面都是无尽的。只要你有一颗虔诚心，亚丁这个蓝色星球上的最后一片净土就会和你不期而遇！在天外，也在梦里！和心爱的人一起去那里看蔚蓝的天空，看白色的雪山，看金黄的草地，看一场春天的童话，看清晨的第一抹阳光！启迪心智从别的路上重新出发！

多少看一点西域史的人都知道，美国有一个人类学家摩尔根说：塔里木河流域是世界文化的摇篮，找到了这把钥匙，世界文化的大门就打开了！其实文化寻根就是始终贯穿于文化绵延的这个过程，两极延伸使我们的文化越来越博大厚重！英国的考古学家斯坦因说：如果生命有第二次，我愿生活在西域的龟兹地区，世界上的多种文化在那里交汇！后来我想，为什么假设第二次呢！在第一次的时候你也可以在龟兹终老一生呀！结果他把很多文物盗走了！生命没留下，留下了传说！我这次在川藏高原，又有两个外国人的往事引起了我的注意。一个是美国人洛克，二十世纪初叶，他在这片高天厚土上踏勘寻觅，就像哥伦布发现了新大陆。他把他的发现回国后发表在了美国的地理杂志上！何曾想到也是一个英国人希尔顿看了洛克的文章，文学的才情疯狂爆发。

那时候英国的资本主义发展给人们的生活带来了灾难性的后果，是不是有点像今天的空气雾霾、食品有毒。于是他把理想承载在了中国的这片高原上！并且给这片神秘的土地起了一个很好的名字：香格里拉！写成的小说叫《消失的地平线》，后来这部小说以及影视衍生品几乎轰动了世界！今天我们的稻城亚丁，就是香格里拉的核心区。在这个蓝色星球上的最后一片净土，你可以感受到信仰的力量和人类的一切美好品格！由此我也想到了藏族作家阿来，他的长篇小说《尘埃落定》带我们穿过历史的长河，他就是在阿坎这方水土上长成的。仓央嘉措为什么经久不衰，他的爱的诗意以及此次在高原上的亲历感受会慢慢地混合在一起，沉入人的潜意识，等待岁月去慢慢发酵！

　　我在高原行走时，挚友侯永清写来一段话："与自然对话，必须是自我的自然状态。精神的绝对自然和灵魂的绝对虔诚，从而将会获得意想不到的收获。在生命的过程中，往往无意还是有意地分享一些自然能量，只有在精神与灵魂驱向同一目标时，这种获取才有最大的公约数。天道酬勤，拼搏进取的人生，神灵也会眷顾。"

　　我从哪里来，我到哪里去！我为什么上高原，又为什么潜深海！前两天在央视一套看了王石和董卿的一段对话。王石说他前些年登珠峰，距最高顶还有四十米的时候，氧气没了！接下来他说在没有氧气的情况下，他用了几个小时登上了珠穆朗玛峰的最高峰！下来以后，他身体出现了幻觉，实际上就是死亡的回光返照！那些年里，他把世界上的几座高峰都登上去了，六十岁那年他又去哈佛念书了，今天我又看到一条新闻，他重出江湖和湖南的颠覆性制造业狂人张跃合作做事！有时也在想，人这辈子除死以外还有大事吗？感觉是有的，生命之上，一定有事！在距珠峰四十米时断氧，王石其实就是和死亡面对面，他若没有舍命一搏的意志，他就不再会去登那几个小时！成功的人，也许都有卓立独行的生命态度！他们的秉性或意志，都在生命之上！

　　在四川丹巴县的卡帕玛群峰深处，坐落着一个村庄——甲居藏寨！大渡河像一条飘带，从她的臂弯流过，在近年来的最美乡村角逐中多次位列前茅！说起这个村寨的历史，可能要追溯到唐朝了！

经历了上千年的岁月磨洗，不仅土司制度消亡了，当年的翻身农奴把歌唱，天天家里来贵客。每天都有世界各地的游人在这里转山转水！与藏寨人家同吃同住，喝着青稞酒，唱着情歌，醉倒在雪山下！如果能把贾雨村请来，也许能说出一部新时代的《红楼梦》，在这儿，最不缺的就是形形色色的爱情故事！恩格斯说：人类的不断奋斗就渴望把人最需要的东西还给人自己！他还说：爱情是文学环绕的轴心！爱情这种东西拿到当下来环绕就不一定是文学艺术了，搞不好就环绕成金钱了！

在这样一个古风犹存的小村子里把心灵掰开，在高原的阳光映照下，涤除凡尘，还灵魂一抹纯净！冥想沉醉，一洗红尘，也算一种灵魂救赎吧！谁又去过天堂呢？我想天堂不过如此！

如 歌 岁 月

　　人这一辈子，无论活成一个什么样子，总会有自己的高峰和低谷。低谷时候的深度和身陷低谷时的思考与绸缪决定了他最终能抵达的人生巅峰。

　　低谷和高峰的两极摆宕也就形成了激越的精彩人生。说到人，内心的波峰浪谷也许比海啸更加惊心动魄。所以我给这部小说起名叫《风浪》。文学的东西从来都是仁者见仁、智者见智。有人看了这部小说，认为这是一部情爱或官场小说，但我自己从来就没有这样认为过。

　　很小的时候我就有写长篇小说的梦想。一个人能书写卷帙浩繁的心灵长卷，当然是件很了不起的事情。小说世界可以任由思绪情感驰骋，那种引人入胜的灵境，等于再造一个世界。

　　为什么有的人成了作者，而有的人只能是读者，其实他们都是用心在交流和互动。为什么有的人能创造美，有的人只能欣赏美。如果没有创造的冲动，也就不会形成创造的能力。我能成为作者吗？这些问题在我脑海里盘桓了许多年，也是我写小说的原动力。

我出生在新疆南部的一个边境小县，一条毛绳式的小路伸到了群山背后的国境线上。县城被层层山峦环抱着，就是登上城里最高的燕子山，也看不到遥远的地平线。这里的汉人绝大部分都是内地的移民，文化贫瘠的年代看到小说就很不容易，那时候总偷着读《牛虻》这部小说，小说中弥漫的个人英雄主义色彩总在心中沸腾，像火把一样燃烧着我，这可能就是我最早的文学萌芽。艺术的东西往往是天性使然，几十年过去了，我一直都信这个说法。那时候还不到二十岁吧，我和几个年龄相仿的朋友还鬼使神差地办过一本油印的文学刊物《燕泉》，当时一家地方报纸从中选登了我的一首名叫《芬芳》的诗，也就是说我的作品第一次变成铅字在报纸文艺副刊上发表，那可能就是我文学创作之路的最早出发。

无论怎样，新疆南部的漫长经历滋养了我的生活，累筑了我一生一世的精神长城，从此开始了写作这样一种心灵漫旅。其实我的写作触及很多文体，只有长篇小说让我敬畏，让我寝食难安。理论是灰色的，生命之树常绿。对心灵的拷问能力和外化能力成了我写作的精神支撑。那时候我正读着尼采的《偶像已黄昏》，偶像倒塌的过程给了我上升的勇气，也让我在寂寥和静穆的写作中获得了很多难以言说的欢欣与快感。

十多年前，我是怀揣《风浪》这部长篇小说来北京漂泊圆梦的。到了以后才发现，你所谓的精神奢求与现实一点关系都没有。你没有名气，也给别人带不来利润，你要花很多钱才能出书。

以前来北京是来读书、休闲、观光、旅游的，现在你别无选择必须在这座城市安身立命。生活对我来说一下就变得非同一般地严峻，对于一个精神幻影破灭的人来说，无论你多么惘然，在现实面前实在是太微不足道了！现实就是一个粉碎梦想的地方，活着才是王道，适者才能生存。我不得不跨界注册公司做生意，结果这部小说一放就是十年！

去年，儿子周家豪大学环境工程专业毕业后到一家互联网公司工作，便把这部小说通过微信平台传上去了。圈里的几个朋友很好奇：有的看完就发表评论，有的提出了各种问题。简单地说，他们觉得这部小说和我这个人相比有一种不可思议的力量，也就是说通过小说他们在重新认识我。在我这个人身上，可能集中了湖南人的"蛮"和新疆人的"粗"这样一些性格特质，有的人甚至怀疑小说是不是我写的，为什么对女人那么了解，为什么文笔那么细腻，把男女之间的风月之情写得那么唯美。我也是通过人们看了小说以后的反映来重新认识我自己！认识这本小说的价值！

　　中国文史出版社的江上月先生，看了电子版的文稿以后特意登门拜访，从文学史和学术的角度对小说的评价之高让我着实感到惊诧。也许他没有去过新疆，所以我的那种对那片土地的思辨和对人的生命状态的书写让他感觉好奇！

　　再就是傅查新昌先生，他是一位从新疆走出来的锡伯族评论家、作家。他一口气把小说读了两遍。鞭辟入里地进行了研究和分析，并找到我，从灵魂倾诉的角度进行了诚恳评价。我也看了他的一部分小说和研究成果，他有这个能力把《风浪》放到一个更大的气场里面去观照，客观地诠释出小说的文学意义。

　　人这一辈子，很多事情都是机缘，围绕这部小说，我内心产生了一种强大的心理回归，没有意义的生存，生存还不就是死亡。也可能这个阶段，我对商界的那些成文与不成文的法则感到非常无奈和厌倦，这种情绪也在加速我向着另一片精神高地突围。一个人的心态变了，整个内心世界也就跟着变了！就像一条航行在大海的船，如果没有方向和目标，所有吹来的风都是逆风！感受到这一点的时候，我的内心比较踏实，一个人的灵魂神庙才是一个人的终极价值所在。向着精神高地，自己耕耘，自己收获！这部小说的出版或许就是我人生转型的标杆！

　　一个人的精神脉络被贯通以后，那种内心的丰盈和欢欣是多么惬意的一件事情呀！从这个意义上，我就觉得这部小说已经不完全是我个人的事情了。就像一个孩子，你让他来到这个世界，他就是一个独立的个体，长成一个什么样子，你肯定要负责任，但最终长成什么样那就是他个人的造化了！这样我就有了自己的精神延伸品！

平日里经常会自己拷问自己，文学是什么？文学是心灵的手工作坊，是灵魂的神庙。人的心灵底版上总是镌刻着生命长河留下的印痕。新疆南疆，那是一片粗犷厚重的土地，在那片土地上我度过了五味杂陈、铁血风尘的如歌岁月，也为我的精神高地打下了可靠的基石。

这是我的第一部小说，可能会有形而上的指引和理想道德方面的诉求。当我写第二部小说的时候，想法或许有些变了。写那些久远的萌明幽暗的青葱岁月，体悟生命的源头活水。从更加细微的地方打开心灵之门，所以下一部长篇小说取名《红痣》，也在出版的过程之中。写这部小说的过程把我许多美妙时光都融进去了！我常想，一个男人活到我这样一个岁数，怎样才能扛得住岁月摧残？唯一的路径就是寂寞之中的精神付出，己所欲、施与人。一种精神文化产品的创造，你必须和社会现实保持一段距离，才能真正发现那些将要消逝的内心深处记忆的美学含义，重新咀嚼反刍人类精神世界的本质属性。它是通往灵魂神庙的云梯，获得的是最大的精神自由。所以，接着要出版的《红痣》写的就是一个遥远的沉睡在心底的成长故事，

171

看过初稿的几个人说比《风浪》更纯粹、更精彩。

接下来如果机缘到了，我一定会尝试写一本散文集或画论，践行一下以人性的视角关注社会的斗转星移，再把自己的格局放大，从中国文化大写意这个视角把几千年的绘画史打通，再来把各种艺术样式重新定位一下，看看在文学艺术方面还能干点什么！无论从历史的跨度和精神的嬗变应该是一个更加雄浑厚重的攀登高峰的过程。

随着中国进入新时代，中国传统文化本体的东西会越来越释放出迷人的魅力，相信会有一批读者跟着走，那就是人生最幸运的事情了！

意识形态领域的许多学说都是相通的，只不过表达的方式不一样而已。我在选择文化跨界的时候还选择了书法和大写意国画，那可是中国水墨的最高境界，事实上艺术的最高指向都是人的灵魂神庙。

在这里要特别感谢爱人马晓瑾和当年在南疆的那些老朋友，是他们对我人格的认同和对友谊的眷顾，直接或间接地推动了这部小说的出版发行。我相信我会用我滴血的忠诚酿成玉液琼浆，在绿色的丛林和灵魂神庙里共同感受生命的芬芳！

（原文系长篇小说《风浪》自序，标题系编者所加。）

下　篇

艺术随笔

　　京门初雪问苍茫，冷艳寒风枉作狂。丹青不与霜林就，点尽落红祭众芳。这是兴刚初入北京时写的诗，也反映出他在艺术方面的操守和追求，当我们携手攀上高高的枝头观览人生，那将是怎样的一种心情呢！我相信会有这一天！

中国大写意　永远在路上

一

　　中国画大写意花鸟是中国绘画的最高境界，也是一部分坚守到最后的文化人所秉承的生活方式，只是能够最终走进这片高原的人凤毛麟角。不是所有画画的人都能画好大写意的，能把大写意画好的人，一定是一个相当出色的、综合素质很高的文化人。

　　如果拿其他艺术样式比较，大写意与书法里的狂草、诗歌中的豪放浪漫有相似之处。当然也只是有点共性而已，更主要的是大写意花鸟有它的唯一性。

　　大写意所承载的是一种生命状态，对自然美抱有最直接的、经久不衰的兴趣，永远把心地善良作为标志。大写意所蕴含的内在本质如同古典哲学里博大精深的"天人合一"，无边无际，无穷无尽，相对人生的短暂而言，只能是永远在路上的攀缘竞渡过程。

大写意不能孤立地理解为一种绘画形式或技法，它体现的是一个人的境界和格调，如果把一个画家的成就完全定格为每平方尺多少钱，是不是某些协会领导或会员，获了什么奖，有什么名望，也就和中国大写意花鸟画的主旨和精神背道而驰了！

我在北京画院学习的两年间，大大小小的课听了有上百堂。综合老师所讲，画好大写意花鸟有一个条件就是高龄，一方面说的是画大写意花鸟延年益寿，另一方面也认为只有经过长期地锤炼，到了六七十岁后才能画出独具面貌的大写意花鸟画。也就是说大写意这朵花最绚烂的绽放是在人生的黄昏。叶剑英元帅曾有诗云："满目青山夕照明"，其意也可以理解为要画好大写意花鸟必须做好毕其一生的准备，与急功近利无缘。

当然，年龄不是让你世故，而是老去以后依然保持着一颗童心，诗、书、画、印、文，都散发着纯真质朴的气质。如同人生"看山是山，看山不是山，看山还是山"的三境界。

二

我出生在新疆天山南麓国境线上一座群山环抱的小

城，碧蓝的天空下，天山雪冠被朵朵白云咬噬的声音常常令我感动。

我的家乡翻过一座山还是一座山，山峦叠嶂，看不见遥远的地平线。最负盛名的就是燕子山了，实际上远古的时候这里是一片汪洋大海，后来地壳运动隆起海底的贝壳化石形似燕子，所以人们把它叫作燕子山。在一块高耸的巨石上，有一个清末文人留下"远迈汉唐"四个大字，也可能这是我小时候所看到的最震撼的文人墨迹了吧！西部的苍茫和雄健，自古就是民族精英建功立业的地方，丝绸之路、李白为代表的边塞诗、不破楼兰终不还，呈现的都是大写意的人生格局。

有人说：一个人的眼界是由环境决定的。这话也对，但世界上的任何话也都可以反过来讲。我的故乡是一个中国文化传统相对贫瘠而封闭的地方，因为地平线都看不到，所以思绪总是翻过山巅去遥想，总想看看外面的世界，时间久了自然而然地成了一种原始驱动力。

文化其实就是一种精神向往，恰恰是这种文化的匮乏和距离的遥远，让我对北京这座文化古都充满了各种遥想和渴望。一个人的注意力总是指引着这个人的生命状态和走向，虽然那个年代我没有可能去北京这座城市，但在心灵的底版上就有一种文化的基因在发酵，只要是与北京相关的事，哪怕是天安门前华表上一块被八国联军打坏的残缺后来是如何补上的也都耿耿于怀。二十世纪八十年代中期，我去北京的第一件事就是去天安门前的华表仰着头转了几圈，看了这块补上去的汉白玉。

我的体育老师庄世涛是北师大俄语专业毕业的，因为学校不开设俄语课也就只能担任体育老师，其实他就是一个艺术家，他在书法和绘画上的天才和性格的张力常常令我心旷神怡。而语文老师彭冬生则是南京青年，他在古典文学方面的修为令我折服，写作能安抚心灵还是能改变命运，很多年以后我都说不清楚，但彭冬生先生由里而外映射的人性光辉穿透了我的心灵暗角，也是我最终走上写作之路的原动力。

班主任陈松岚则来自上海外国语学院，他有很多的藏书，一本一本地阅读洞开了一扇一扇的心灵之门。他告诉我：人生长路就是朝着目标一直往前走。绝大部分人都是有理想的，只不过绝大部分人中途放弃了而已，所以成功的人只是极少数。有了这些，再加上庄世涛老师告诉我齐白石的老家在湖南乡下，是中国最大的画家，虾画得最好，又给我推荐了《芥子园画谱》。临着画、做着梦、写着字，我已经有了走在路上的感觉，只不过那时候并不完全清楚我要抵达的目标是中国大写意。

三

　　我写《红痣》那部长篇小说的初心并不是试图反映我所经历的"知青"生活，之所以这样定位是许多年以后出版社的权衡与考量。当然，我也尊重了责编江上月先生的意见。我写这部小说的时候距离这段生活已经很远了，而出版的时间距离写作的时间又过去了许多年。岁月更替是很快的，写《红痣》的时候我是把心掰开来写的，但不曾想到的是几十年后在北京画院培东先生告诉我们说：大写意要用心来画！

　　走出大山之后，我读了一些心理学著作，懂了一点人心是怎么回事。我想用这些理论来反观自己，穿透自己的心灵窖藏，看看我的文字在固化心灵无意识方面究竟能达到何种程度。

　　其实一般人是不会用文字去状写心灵的隐蔽状态的，而在我看来这一切恰恰是人性最至深、最有价值的存在，也是审美最难传达的一部分。当然，我写了人的原始本能和情欲，这是文学这个心灵的手工作坊为雕镂灵魂最擅长干的一件事。人心呀！这个一切艺术源起的灵物，在太难以琢磨的摆宕翻越中，把生命的曼妙演绎得风起云涌，如火如荼。

在艺术的长路上，无论你怎样借鉴或学习，一切艺术的最终原点只能始于人的心灵。一切艺术形式的审美成果都是这样一种有意无意间的心灵外化。

艺术品是一座心灵的桥，人在桥上走过的时候在看别人的风景，但同时也是在看自己，看自己的心灵。纷繁的生活来去匆匆，熙熙攘攘，在我们生命的穿行中，我们真的以一颗虔诚心反刍过自己的灵魂吗？那些萌明幽暗、一闪即逝的灵魂颤动，与天地日月相比，谁比谁又更重要一些呢？历史的深邃和信仰的伟岸固然重要，但从审美的意义上，我们还只有去发现或深耕灵魂的丰盈。

《红痣》是我的旧年记忆，也是我青涩岁月的最初心音，至于后来长成的样子全是从这里生长出来的。我为什么要通过写作去追问灵魂的原真本貌，其实就是为了寻找文化的摇篮。至于写作长篇小说《风浪》的时候，也就有了社会面的表达在里面，绘画的理想通过晓刚这个人物传达了人性的内在质感。

《红痣》的那段生活是从童年记忆开始的，一方面我写成了小说，小说也在塑造我，而另一方面无法用小说来表达的部分我在孜孜不倦画画，写生、画黑板报、水粉、宣传画等都尝试着来。

很多年以后，我在中国美术馆看吴昌硕的师生展，才从一个宏大的视角对中国大写意有了一个真实而初步的了解，包括齐白石在内的一批响彻云霄的大家都是从吴昌硕这条藤蔓上延伸下来的。王铸九、王培东父子也由此进入了我的视线。王铸九是白石老人的入室弟子，培东先生自幼跟父亲学花鸟。当我成为培东先生的弟子后才知道，我在天山群峰深处田野里感受到的那些春光、花鸟草兽、鱼虫虾蟹的灵动已经融入了我身体的记忆，后来通过各种艺术形式呈现出来的，只不过是那些远年记忆底片上的诗意芬芳！

文学艺术的心性酿成是多么重要的一件事情呀！

四

光阴荏苒、斗转星移，转眼到了二〇〇五年，经历了一个难以言说的修行过程，背着两部长篇小说的初稿，秉承背水一战的心态，梦想照进现实，终于来到文化古都北京。

偌大的京城，对于外来的漂泊者，基本生存变得异常地困难和艰辛。有钱才能活下去的压力不断摧残仅有的自尊，有一段日子，强大的心理落差和悲凉情绪几乎把我击倒，对活着的意义反复追问，不知道什么地方才是命运的天涯。

在那些万般无奈、万箭穿心的日子里，把受尽凌辱的记忆沉淀为生命烛光，以迷茫所带来的孤独无告汇流新的希望。困厄的日子铭记初心，任由生活一路坎坷！

心的历练有多深，艺术的沃土就有多深。一个浅薄枯死的灵魂是不可能悟出艺术真谛的。我庆幸苦难成了我未来之路的垫脚石，心的磨砺让我感受到了生活有大美。

我不得不蜕变成一个跨界游走的文化商人，每天给全国各地熟悉的朋友打电话，发现了需求然后走遍北京城的大街小巷去问价，我发现了需求和信息不对称里面的商机。

沉沦与跃升、茂盛与颓废、高贵与堕落、伟岸与卑微，多重咬噬如影相随，就像生命淬了火，涅槃而生的自然是别样人生。你就是在十八层地狱，你不也得昂起头颅向上爬吗？没有意义的生存，生存不就是死亡吗？那种流浪的意味没有让我感到零落酸悲，反而生出些许人生豪迈！

皇城根边的桃花盛开、烟袋斜街的琉璃墨韵、荣宝斋里的书香古风、什刹海畔的夜夜笙歌，还有数不清的博物馆、美术馆里的大师真迹，使自己的童年梦想得以辉煌呈现。

其实当下的生活就是在偿还你过去渴望的，今天你走到了这里也是因为你过去想法的指引，也不是谁都能过上这样的生活，因为这才是你所要的。在固有的生活面前，顺其自然者多，而奋力改变者少。心灵就是这样，一旦采到了生命所需的天地灵气，荡漾起来的必定是阴霾过后的浩荡长风！

无论怎么走，我都不敢距离文化太远，我清楚一旦彻底丢失，我将魂飞魄散。钱这个东西尽管有时会像毒药一样让你上瘾，但作为人，有的东西用钱是解决不了的。

五

二〇一三年一个冬日暖阳的午后，我无意间到宋庄观看一个画展，认识了正在北京画院研修的辽宁籍画家盖永龙先生，他给我说了北京画院齐白石、王雪涛、王明明、袁武、王培东、李小可等人的很多故事。这些故事大尺度地又把我的少年梦激活了。

我在北京画院的齐白石纪念馆里，才真正意义上第一次感受到中国画花鸟大写意，画当然只是一方面，更主要是齐白石这个人和他的人生所传达出来的生命力量。包括写作、书法在内各方面的才华，支撑起了他作为一代大师的不朽英明。

白石老人曾经写过一首诗：青藤雪个远凡胎，缶老衰年别有才。我欲九愿为走狗，三家门下转轮来。青藤就是徐渭，大写意花鸟的代表人物，在诗文、戏剧、书法等各方面独树一帜。"雪个"就是八大山人朱耷，面对惨痛人生，依凭老庄大智慧一次次化解困境、绝境，只有把自己的情思寄托在绘画中。而缶老就是中国近现代大写意花鸟承前启后的扛鼎人物吴昌硕，他所开创的金石风被誉为文人画最后的高峰，齐白石、王一亭、潘天寿、陈半丁、赵云壑、王个簃、沙孟海都是他的学生。

白石老人的高贵绝不只是他身在艺术的象牙之塔，而是他从人生的起始阶段就眷顾自己栖息的田园，他的情感更和农人息息相通，只不过他在干木工活的时候已经在进行着艺术创作，从他的早期木雕里，已经显露出过人的才华。

泥土里的果蔬、泥塘里的鱼虾在白石老人的笔下，绘成了一个气韵生动、身披华彩的世界，"故里山花此时开"，掩不住的乡愁和童真情趣就在画中。他也画兰、梅、竹、菊，但精、气、神脱去了些许孤清，而乡间储备和自然信息便绵延不绝地奔赴腕底，他抛弃了古人表达情感的艺术手段，创造出了特有的语言和艺术形式。

白石老人的著名画论："作画妙在似与不似之间，太似为媚俗，不似为欺。"一直是中国画关于造型方面的最高境界，我的恩师王培东先生在给我们授课时时常提到白石老人的箴言，我想老师毕其一生都在琢磨这句话，他常说画画就是对立统一、辩证法，最终落在纸上要把握一个度，把握的程度也就是高度。

白石老人在构图方面强化色彩的表现力，引进民间艺术的审美特色，使色调更为纯化。而在点、线、面方面，大写的就是生命的律动，大片的留白和排比的节奏，更是白石构成思想的体现，他用不同的组合方式表现了不同的氛围和艺术幽默。

齐白石画虾堪称画坛一绝，观察了一生，画了一生，使虾的形态出神入化。六十三岁时白石画虾已经有口皆碑，但他嫌不够"活"，便在碗里养了几只长臂虾，心追手摹，画虾的方法不断出新，虾成为齐白石代表性的艺术符号之一。

寥寥几笔，用墨色的渐次变化表现动感。眼睛浓墨夸张，头部中间用一点焦墨，左右二笔淡墨，透明而变化。虾的腰部，一笔一节，连续数笔，形成了虾腰的节奏由粗渐细。

变幻莫测的用笔使虾的腰部呈现各种异态，有弓腰向前的，有直腰游荡的，也有弯腰爬行的。虾的尾部更是摆宕而有生机，既有弹力，又有透明感。虾的一对前爪，由细而粗，数节之间直到两螯，形似钳子，有开有合。虾的触须用数条淡墨线画出，线条有虚有实，简略相宜，似柔实刚，似断实连，直中有曲，纸上之虾似在水中嬉戏游动，触须也像似动非动。

齐白石老人最后一幅画是《风中牡丹》，风从画外吹来，花叶舞动着波浪般的韵律，绚丽的色彩，灵动的姿态，洋溢着灿烂而又浓郁的生命力。他以九十六岁的耄耋之年，是用灵魂在画，从"有为"到"无为"，已臻最高境界，倾注了他毕生的心血。

这幅画的气韵和齐白石的其他代表作相比起来有很大不同，但也许这幅画才是齐白石灵魂深处的真实写照。是一种修养在纯粹自由自然自在自为的状态下释放，这就是大写意永恒的魅力所在！

六

考入北京画院授业于王培东先生是我的机缘，也是我的命运，就像跨越时空一步登顶中国大写意花鸟画的殿堂。中国画自古就有师傅带徒弟的传承，北京画院是新中国成立后的第一家画院，齐白石担任名誉院长，几十年过去了，北京画院依旧秉承了这一传统。

王老师每次上课把画挂在画墙上直接看画，然后告诉你优点在什么地方，缺点在什么地方，接下来一是帮你改画，再就是给你亲手做示范。仿佛天山群峰山坳里做过的童年绘画梦有了真正依托，有了一片停靠的港湾。

　　培东先生画如其人，纯朴而厚重。他的大写意中国画墨荷《清气长存》把荷花"出淤泥而不染，濯清涟而不妖，中通外直，不蔓不枝，香远益清，亭亭净植"的君子内涵，荷花的意境、意趣、意绪表现得淋漓尽致。据先生在课堂上回忆，这幅画是在南锣鼓巷白石故居画的，那天喝了一点酒，纸铺在地上用大笔抢，到了兴头上嫌笔太小就把几支笔抓在手里一起抢。大写意是厚积薄发，要用一辈子的心，不是个急功近利的事。

　　培东先生自幼随父著名花鸟画家王铸九先生学习绘画。王铸九先生河南南阳人，先生早年曾学习吴昌硕绘画，一九二六年拜白石老人为师，故先生自号两石，六十岁以后称两石翁。

　　培东先生一九六一年考入北京中国画院研修班，拜著名画家王雪涛为师。通过《写意画——中国画发展的高级阶段》等论文可以看出培东先生不仅是一位注重绘画艺术实践，同时又注重绘画理论探索的绘画大家。

　　培东先生画有一组传统绘画很少有人涉足的南方植物和花鸟，在作品中先生驾驭笔墨，随心赋彩，以心写心，创造意境，抒发感情，不但拓展了中国大写意的新境界，也使培东先生的绘画进入了一个更高的层次，他的作品已在中国艺术界独树一帜。恩师的作品风格沿袭齐白石、王雪涛、王铸九等老一辈的传统,自然而然呈现出来,给人以新的美学感受。

恩师的画经历了一个从写实到写意的转换过程,这个转换也是从重视写实到重视写意的美学转换。有位美术评论家为培东先生总结了四点:敦厚、温醇、平实、真性情,我的感觉是恰如其分、实至名归。我在培东先生工作室研修的两年间一是课堂授课,再就是随王老师多次写生,对他的性情和艺术主旨有了更多了解。首先是心无旁骛,他和这个世俗社会保持了一段相当的距离,从来不去炒作自己,他对艺术的操守化为了一种人格的力量,笃定而自然,先生的画不跳、不打眼,但仔细琢磨后,如品茶,味很醇,耐人寻味,引起心灵的共鸣。

大写意花鸟是中国文化的一个高度,诗、书、画、印、文缺一不可,全面综合地体现了一个人的素质,他父亲王铸九是齐白石先生的入室弟子,他的传统功力源自他的家学渊源。他的画不呆、不板、不滞、不死、不滑、不油、不糊弄、不蒙人。

课堂上,我的多幅作品得到培东先生亲手修改,还给我独立示范荷花、鱼和牡丹并送我留作学习用。二〇一五年秋天,我约恩师黄山写生,他欣然允诺并和几位学生一同创作了一幅巨幅花鸟，亲自题写画名及每一位参画学生的姓名，钤印后送给了黄山。我出版的两部长篇小说《风浪》《红痣》均由恩师王培东先生题写书名，我把真迹装裱起来挂在了我的画室里。

培东先生的个性风格可用朴茂和华滋来概括，他的这种大写意花鸟画的精神，也正是培东先生个性的自我呈现，非常平实之中透露出博大精深的文化精神，实际上正是中国传统或者中国大写意最高的一种精神境界。

人生的路还很长，中国大写意，只能在路上！

丹青不与霜林就
点尽落红祭众芳

一

山东的临沂是一个出才子的地方，就书法而言，王羲之、颜真卿这两座丰碑中的任何一座，在我们中华民族的书法史上也是后人难以逾越的高峰。就像小说一样，想超过《红楼梦》的成就几乎是不可能的。

一个人的出生地当然不能和他今后的艺术成就和地位直接挂钩，但从小得风气之先，耳濡目染一定会对艺术家的艺术长路产生深远影响。今天我要谈到的画家李兴刚，出身书香之家，一九八五年生人，自幼跟着姑父学古文，又随父亲学书法，也就是说他的"童子功"是自然天成的，就像成长本身一样，把艺术基因点点滴滴融进了他幼小的生命，就这样自然生长，若干年后他的艺术长相也证明了这一点。兴刚也许就是为中国书画而来到这个世界的。

中国绘画也许就是画家与自然的一种关系，就像我们常说的天人合一。兴刚也许就是这样理解的，他的花鸟一直在捕捉小鸟与花草的生命感，也借此传达自己的审美感受。

自幼喜欢莳花养鸟，心追手摹，与花鸟的灵动相感应，得花鸟之精妙。无拘无束，工写兼擅，小写意花鸟取法白阳山人，大写意取法青藤八大，也就是说他从小走的是家传和中国绘画的正路，没有太多受西方画理素描、透视那一套体系的影响。

大学期间博览群书，奠定了深厚的国学基础。二〇一三年，他怀揣梦想考入北京画院莫晓松、方政和工作室。我后来是考入了王培东先生工作室，两年的时间让我对艺术的感悟有一个质的飞跃。北京画院秉承了中国传统绘画师傅带徒弟的教学方式，北京的文化氛围极大地开阔了他的视野，同时也为他的创作提供了展示和认可的平台。

二〇一四年作品《故乡的等待》参加"吉祥草原·丹青鹿城"获全国中国画作品展获优秀奖。《岱庙夏趣》参加"翰墨齐鲁·首届全国花鸟画作品展"入选。二〇一五年作品《羊年三月三》参加"翰墨齐鲁"展，获全国中国画作品展优秀奖。作品《召河之晨》参加"古属文脉·墨韵天府"全国中国画作品展入选。二〇一六年作品《等待春天》参加"荣宝斋首届全国中国画双年展"获入会资格。作品《观自在》参加"工·在当代2016全国中国画作品展"入选。也就这一年他加入了中国美术家协会，二〇一七年中国工笔画学会吸收他为会员。一路攀升，是他在艺术长路上孜孜不倦笔耕开出的花朵。

在兴刚的画里，立意深悟中国绘画的真髓，把画家的主观感受融合到了画里，而不是简单地描花绘鸟，不是照抄自然，而是通过人与自然的有机对话传达出了画家认识世界、感受世界的思想情感。着力点在于美与善的观念表达，强调其"夺造化而移精神遐想"的怡情作用，主张通过花鸟画的创作与欣赏影响人们的志趣、情操与精神生活，表达作者的内在思想与追求。

兴刚的画苍润而不油腻，把笔墨有机结合在一起，做到了曲尽物态，然后气韵生动。

二

赵佶不是一个称职的皇帝，但他是北宋花鸟画的集大成者，使工笔花鸟画达到顶峰。从兴刚的绘画中，你隐约可以感受到这种骨子里的高贵，有一年多的时间，兴刚对宋徽宗的作品全面系统进行了临摹，他的工笔植根于此。

而整个明代的画家更是深深地影响了兴刚，明代是中国写意画真正确立和大发展的时期。明代沈周的花鸟画强调笔精墨妙，擅用水墨淡色。继而有陈白阳在其水墨写意基础上以生宣纸作画，使水墨韵味产生了前所未有的艺术效果。徐青藤推波助澜，用笔更为奔放淋漓，"不求形似，但求生韵"，他的《杂花图卷》《墨葡萄图》是其风格的代表，徐渭的大写意画风深深影响了李兴刚，虽然兴刚的绘画与徐渭形式上大不一样，但在他的小写意画里依然能感受到那种奔放率性的格调，这是难能可贵的。

兴刚绘画把笔和墨作为一个整体来看待，在表达勾、斫、点、染、皴、擦、揉、摔、拖、擢、挑、剔、涂、斡、渲中，使二者达到了浑然天成的境界。

陈淳的简笔水墨淡彩小写意在画坛占有重要地位。他于晚年创作的花卉长卷颇有特色，有时以四季为序，有时时空交叉，颇见水墨组合的视觉冲击力。而兴刚的绘画对陈淳悟得更透一些，如果说他正宗传承了陈淳我认为是不为过的。陈淳在晚年的花鸟佳作中已呈现泼墨大写意的体貌。徐渭的大写意笔墨就得益于陈淳。世称"青藤白阳"，其实青藤亦源于白阳。他们二者之间的这个逻辑关系这样就比较清晰了。我想兴刚也就三十出头一点，他从工笔到写意耕耘得这么深，也许再往后的艺术长路，他也会在大写意方面大放异彩。

三

说兴刚袭古传今、尚古求新也好，外师造化、中得心源也罢，他始终秉承着书出己意、画为心声的创作理念。工笔技法创"轻重彩"，写意创笔法"燕衔泥"。画面意境尚虚求韵，清静无为。

作为一个已经跨入新时代的画家，要创作出新时代的花鸟画，使自己的作品思想新、意境新、技法新、情调美，不但要在取材内容上反映客观现实，富有思想性，还要在表现形式上，在构图、赋彩、笔墨技法方面有创新精神。要根据新的主题、题材、内容的需要，有意识地创造新的技法，为传统的表现技法输入新血液。因为，花鸟画技法的演变是随着画家思想的变化而变化着。由于画家的思想变了，对自然界的花和鸟的感悟就会不同，艺术标准、审美观点也都跟着起变化。对旧的一套表现技巧觉得不适当和不够用时，也就会追求创造新的技法。兴刚的"轻重彩"就是他这些年探索尝试的结晶，也彰显了他在整个中国画坛与别的画家不一样的地方。

　　我们可以感觉到，他在书法方面也是功力颇深的，在他看来书画同源，他非常欣赏"石如飞白木如籀，写竹还须八法通"的书画同源理论，为他以水墨变化为主的写意花鸟画的赋色及发展注入了新鲜的血液。

　　而"燕衔泥"的发现，更是他长期在艺术长路上探索的心灵悟语，他把生活看作是艺术创作的源泉，而且总是借它山之石来对自己的艺术实践进行深度探索，通过"燕子衔泥巴"这一细节，把力道和柔美、劲健和弹力运用于绘画中，收到了奇妙的艺术效果。另外他所探索的两面涂色的方法更是让画面具备了难以想象的张力。

　　把几种表现手段放在一起，集勾勒、勾填、勾染、白描、没骨、晕染、点垛、泼墨于一炉，可尽精微，可致广大，则表现出工丽、活泼、清新、自然的不同风貌。以勾填、勾勒、重彩显现细部，以泼墨布成体势，既有整体气势，又有重点精神，色彩与墨华互相辉映，色彩的浓烈，水墨的氤氲，泼墨的大气磅礴，工笔的缜密绚丽，自然能自由地表达作者的感受。我想，将它们综合运用，定会开创出富艳工丽、活泼奔放、笔墨酣畅的新风格。

　　一幅完整的结构，必须具有和谐的韵律感和左顾右盼的照应。巧妙而又明显地安排主题，恰当地表现作者的意图，皆有赖于苦心经营。前人总结出的"密中有疏，疏中有密""密处越密，疏处越疏""疏处可走马，密处不透风"的理论，是符合构图原理的，是基本原则，可以运用。但突破这一范畴，也未尝不能创造出新的更足以表达主题效果的画面。这也是无法中有法，而又于有法中无法。在运用构图规律时，可有意打破成规，如避免所谓三段分、局部不用开合法、不一定避免均齐等。

他经年行走在山河大地和花鸟丛中，潜心感悟花和鸟的生长、生活规律，从自然本身发现规律。兴刚能运用构图因素去高度概括表现自然的真髓，同时不为物象所役，达到经营位置的极高境界。他坚持"画者从于心""无法之法乃为至法"的独到见解，他的艺术作品花鸟画创作只是小荷才露尖尖角，一定能长成茂盛的参天大树，给中国画坛撑起一片阴凉。

京门初雪问苍茫，冷艳寒风枉作狂。丹青不与霜林就，点尽落红祭众芳。这是兴刚初入北京时写的诗，也反映出他在艺术方面的操守和追求，当我们携手攀上高高的枝头观览人生，那将是怎样的一种心情呢！我相信会有这一天！

新时代与师恩钊先生
创立的新北派山水

　　每个人心中都有一个山水世界。蹚过的河，攀过的山，在心里，也在梦里！如果把它理解为客观世界投射在你心灵底版上的影像，也未尝不可！

　　中国文化里面，自古就有山水画。几千年了，各种门派和画法跌宕起伏，灿若繁星，也可以说是一个难以穷尽的世界！

　　人是自然之子！有道是天人合一，也许就是这个道理！

　　人与客观世界的这种关系，注定了山水画作为人与自然的纽带而彰显出的人格特征。特别是苍茫辽远的北方，更是中国山水画的原动力！

　　一个人的山水情怀，大都萌动于婴儿时期。

　　单说山水画的画法，记得我小的时候在大西北一个群山环抱的小村，意外地见到了三卷本的《芥子园画谱》，

197

其中一本是关于山水的画法，这个缘分可能就是自己关于中国山水的最早启蒙！而且这种基因总是会在你的生命深处奔流不息！

画画和写作有相似的地方，每个人的成长岁月，总是不同程度地与写写画画交织在一起！一个人的心灵激情，总是会有一片相应的山光水色与之相对应，我不知道这种体悟和发现是不是我后来爱上北派山水的缘由。

岁月蹉跎，时光流逝！一晃，几十年过去了！按照中国传统拜师学画只是近几年的事了！

在北京画院追随王培东先生学了两年大写意花鸟，几乎把徐谓、八大、吴昌硕、齐白石等大家的作品临了个遍。一方面欣然，一方面茫然！我感觉这样画下去，不知道哪里是我灵魂的栖息地。别人找不到你没关系，也许你自己也找不到你自己！后来有人说，大写意是中国绘画的最高阶段，要到八十岁的时候才能有自己的风格和面貌！

越是漫长的路，越不可能跨过！这个对谁都差不多的自然过程，总是由生命和岁月融洽的当下决定的。

这里有个前提就是要不忘初心，无问西东。生命在时间岁月里消散的时候，总会有些东西和你不期而遇！人有旦夕祸福、月有阴晴圆缺也是这个道理。

我们都是一个独立的个体来到了这个世界，遣我来者与我同在，天父未弃我于孤独。与山河日月行走，走出了不一样的多彩人生！你低谷时的深度，特别是你低谷时的思考决定了你日后攀爬所能达到的高峰！

去年，我和挚友盖永龙先生到宋庄去看北京画院李雪松老师的师生展，就在展览上我们不经意地聊了几句！他重点说了齐白石现象，他说历史造就了齐白石，前无古人，后无来者！这些丰碑都是供后人仰望的。

我多少有点感伤，也引起了我的无限遐思！反观中国文化，写小说没听说过谁超过了曹雪芹，书法也没听说过谁超越了王羲之。

每个艺术的分支，都有一些高山仰止的人物，后人都是无法逾越的。一曲几千年民族文化的精神长歌，无数虔诚者竞折腰，这不是很自然的一件事情嘛！一个人在迷雾当中徘徊久了，就会在一个透出光亮的地方重新出发！

历史的天空，昨日的浩渺，总是在人生坐标谱系里不经意间像一位少女一样向你迷人一笑！

我们总是在一种期盼中踟蹰前行的，相信前方会有一片属于自己的绿色丛林！能在文化艺术的长河里浸泡游弋，已经是上苍的天赐了！

一个生活得再卑微的人，冥冥之中也会有形而上的追求！

　　各种欲望是本能，形而上也许也是人的本能。这就把人和动物从根本上区别开了！中国画你无论怎么讲，总是和人的人格、气质、情感、学养相关联的！所以说文化是一个民族的灵魂！

　　人生是一个行走的过程！走着走着，你会发现不同的风景！话又说到去年了，我和北京画院的几个同学去宋庄看展。"北派山水"这几个字映入我的眼帘，一种全新的视觉体验让我震撼！

　　师恩钊先生是中国新时代北派山水的领军人物。一九四七年生于山东济南，翌年迁居北京，几十年来在祖国的名山大川采风写生，北方山水雄浑瑰丽的正气，养成了他豪迈浪漫的性情，更造就了他苍茫雄健、磅礴丰茂的画风！

　　他的绘画与新时代气息相通，一反因袭程式模仿，把强烈的时代气韵、时代要求融入画中，摆脱了传统绘画中的小情小景，形成了立体、多样的雄健风格。师恩钊先生在北国大地五十年的耕耘，也许就是为了和中华民族进入新时代这一历史时空相遇！

　　我了解的师先生不但是位杰出的画家，更像高山一样，具有李白、苏东坡那样的胸襟。一个时代，总是要有人勇立潮头去开先气之风，一个民族的正大气象，总会有相应的艺术形式与之相适应。

我们在深耕传统、弘扬传统的时候，作为一个当代艺术家，不可能不考虑艺术创作的当下性。一切技法，都是为了雕刻用血浆凝聚的灵魂。同样，某种形式只不过是为创作内容所采用的手段！

看了师恩钊先生的绘画，你会明显感觉到与传统山水画不一样的地方。显而易见，他对西方绘画的研究有很深造诣，光影造型在他的中国水墨中得到了恰当表现。

他的绘画几乎涉及所有的北方山水，也画了不少国外的世界名山，这一切都是为了能够将自己对中西方绘画的思考融入他那具有中国气派的创作中。也就让他的绘画作品具有了世界意义！一位著名评论家说：师恩钊的山水画不仅可以"为祖国山河立传"，而且可以"为世界名山写真"。

新时代，新北派山水，一定会凝聚更加强大的力量，汇成更加浩大的态势，绘出更加壮美的图画，无愧于中华民族五千年的编年史。画笔过处，雨润地、云润空，一片河山欣欣向荣。我坚信世界文化丛林，一定会有师恩钊先生所创立的"中国新北派山水"。

雄风浩荡　王者归来

　　人生中，总会有一些不期而遇让你难以释怀！和大漠王子杨永家先生相遇就是一个意外。

　　当我第一次走进他在北京宋庄的美术馆，映入眼帘的是沙漠、胡杨、骆驼、美女！铺满了整座高墙，感觉就是北方遥远的实景呈现，仿佛一下跨入了远古的洪荒年代！这片沉雄的北方土地，曾经是我梦里的故乡！

　　我曾在天山以南的戈壁与沙漠之间有过一段激情燃烧的生命过往！塔里木河是中国最长的内陆河，是世界文化的摇篮，东西方文明在那里交汇碰撞，孕育出了独具魅力的多元文化。那里有世界上最大的胡杨林，中国最大的沙漠塔克拉玛干大沙漠，还有中国的第二大草原——巴音布鲁克草原！

　　驼铃叮当马蹄疾驰的影像与杨永家先生的画奇妙地叠加在一起，在心中掀起一阵阵狂澜！也许这种相似的岁月和时空，把我们的心灵距离一下拉近了！

我们一边喝着茶，一边听他讲述着小时候在漠北的那些艰涩岁月！当时我就在想：对一个艺术家而言，人性的视角和生命的体验比那些眼花缭乱的绘画技法和理论更重要！以苦难作为基石的艺术生命，一定是顽强的，生机勃勃的！

杨老师的绘画图式里总会有一位风情万种的小姑娘，眼神和红丝巾格外醒目！他含着泪光告诉我，年轻的时候长途跋涉在大漠，高原寒，炊断粮！我眼看着血色残阳，感觉自己再也站不起来了！

当我睁开眼的时候，我在一个蒙古包里，眼前就是这位姑娘！难道生命真的有轮回吗？

有一位作家，五十年前在火车上面见一位姑娘，就那么轻轻一瞥，然后就分手了！五十年里，他一直在写这一影像，因此而感动了无数人，成了名作家！五十年后，他们都七十多岁了，一次邂逅，他们俩同时认出了对方！情感这个东西，没有什么逻辑可言。

杨永家老师一直这样画，因为那是他生命最灿烂的一朵花！还有什么比这样的生命更美妙的呢！

杨先生是在西部大漠成长起来的画家，从儿时起看到的就是无限辽阔，呼吸的是浩荡雄风。

戈壁与荒漠之上茕茕孑立的胡杨，用最醒目的苍翠擎向天空，用满枝满头的金黄照亮大漠亘古的岑寂，当狂沙暴虐把一切娇嫩和色彩带走，留下的是胡杨不朽的铮铮铁骨，满目是千年顽强生长后大梦三千年的悲壮。

五十年代末，杨永家先生在极度饥饿困苦的日子里，随抗美援朝部队转业到阿拉善工作的父亲踏上这片艰涩却不乏活力、空旷又充满凝重的高天厚土。

七十年代又作为知识青年下乡到更为偏僻的生产队，与蒙古族社员一起牧驼，生活。在戈壁上战天斗地，以苦为乐，更深切地体悟了自然的残酷和生命的顽强宝贵。

朝阳中奔腾于大漠的千峰骆驼、胡杨的绿、胡杨的黄、牧民的质朴豪放、胡杨第一个千年里顽强倔强的生长，在这时已经融入他的生命里，激发了他对生命的理解和思考。并把胡杨这种对生命的渴望而顽强地生长、骆驼坚忍地承载跋涉作为自己的精神诉求，在之后几十年的绘画创作中，去不断地"表现"和"再现"，成为独具本土特征的意象化符号。

西部苍凉雄浑、八荒渺然的苍天大漠，雄健悲壮交融的意境的浸染，使他超越了传统题材和表现技法，不重复别人，不重复自己，把对生命和艺术惊人相似的理解用泼辣的笔墨呈现为一个个生命图腾。这也注定因为禀赋这大自然的环境和独特民族风情的滋养，他的绘画势必与一般"笔精墨妙"作品有着鲜明区别，势必会澎湃出不羁的情感、淳厚不凋地审美。

　　他接受过完整系统的学院式美术教育，却没有停留在笔墨的层面，而是多元探索，画面更多的是表达对西部文化体悟，对西部千里戈壁荒漠上生活的人、动物、植物崇高美的生命礼赞。他坚信艺术有规律而无定法，多年勤于画事，力求探索一条融会中西、隐去传统绘画程式、独具西部人文精神、画面浓墨重彩饱满而富有张力的绘画语境。

　　绘画于他而言，是诉说生命印记的一种方式。这种在艺术语言、意境上不断探索思考正是在精神上契合"天人合一"的人文思想的结果。不掩激情地直抒胸臆，凝重、浑厚、雄强充满阳刚浩然之气的画风，正是西部神奇厚土对这位生长在大漠、把大漠视为永远精神根脉、挚爱西部的画家的丰美馈赠。

　　人的精神世界和自然界总是有某种对应关系！一个王朝的灭亡，首先是精神的萎靡和意志的垮塌！南宋如此，明朝也是如此！今日中国，已经进入新时代，一个磅礴兴隆的国家，需要阳刚大美的艺术风格与之相适应！

　　一个艺术家的作品，总是自觉不自觉地拥有自己作品的当下性。我觉得杨永家作品的当下性就在于他作品里蕴含的永恒不屈、昂扬奋起的精神力量！

天鹅飞过大地

　　我觉得杨永家先生并没有把自己框定为一位人物、山水或花鸟画家，三者之间他可以游刃自如地驾驭，一切为了表达，传扬他内心世界奔流着的铁血风尘、阳刚之美和天高地阔！

　　但凡艺术创作，都是作者的心灵与气质外化。我的文字和杨老师的画也许有某种精神契合。

　　在我看来，一切艺术形式，内在的精神是相通的，表现形式不同而已！如果一个人在北方，真正融入了胡杨气质，他一定是一个无比坚忍经历过岁月磨洗的人，也就是个大写的人，大碗喝酒的人。

　　"天将降大任于斯人也"。这位带着一股雄风从草原深处走出来的大漠画派领军人物，以气吞山河、雄视古今的胸襟气魄，谱绘出更加昂扬振奋的精神长歌！

　　理论是灰色的，生命之树长绿！任何一种大行其道的美术理论，都有可能被更多的理论推翻！我感觉杨永家先生的绘画有一种强烈的雕塑感！一方面源自漠北那片土地。其次，他把中西绘画两种语言的优势有机融合在一起了！生动的造型和光影效果汲取了他深厚的西画功底，但他绘画的整体效果又是中国气派的、浑然天成的墨色和写意的内心宣泄，又是中国传统的绘画语言。他把积墨和焦墨用到了游刃自如的境地！

　　就色彩而言，我认为杨永家先生的色彩是葱翠的、绚丽的。这一切都源自他独特的人生经历和他对生命、对人性的感悟！就像当下的流行语：在薄情的世界里，我深情地活着！人这一辈子，其实就是在和困境周旋！经历了多少苦难，就会有多少欢欣和你的苦难对应！看杨永家先生的画：八荒苍凉的时空里，总是充盈着生命茂盛！那星星点点的新绿，那轻轻一抹的嫣红，为我们的生命，搭起了狂欢的舞台！

一个王朝的落寞，是因为它已经快要断气了！人也一样，如果你要兴盛，你肯定在昂扬奋起！杨永家先生的画，看起来就有这种不屈的力量，而且生机勃勃！关于胡杨三个一千年的说法，经久流传，人们耳熟能详，在这样一具躯体上释放出青葱的力量，这就是杨永家老师的画！很难想象杨永家老师的生命历程中经历着怎样的难以言说的苦难，这样的苦难也就给了他生机勃勃的生命感！他用滴血的忠诚，画出了对生命的敬畏和阳刚之美！

人生学养与画品气格

我在北京画院研修大写意花鸟画的导师王培东先生写过一篇很有影响力的《写意画——中国画发展的高级阶段》，这些年，在心追手摹大写意花鸟过程中，对大写意绘画也有了些许领悟。

在我看来，大写意之大是相对小而言，这个大绝不是笔墨大、画大，而是心胸大、格局大，也就是说，画大写意的人，首先要有大写的人生。没有浪漫的气质、博大的襟怀、人生的沉淀，是画不好大写意画的。

在我看来，任何绘画形式都是写意的，就算临一尊石膏像，也是有作者性情在里面的。

梵·高的《向日葵》是描出来的还是写出来的呢？我更认为是用生命握笔大写出来的，鲜明的笔触、性情、状态全在里面。正因为如此，才能给人带来源自生命内在的永恒震撼力。

徐渭、八大、吴昌硕、齐白石这几位在中国大写意花鸟史上彪炳史册的巨匠，除了他们的传统功力和文化底蕴外，更有他们内心的张力和思想境界的高度。为什么很多人画大写意最后都功亏一篑，还是因为文化底蕴与胸襟不足以支撑他走到大写意的高级阶段上去，大写意本来就是阳春白雪的东西，不是滚滚红尘中的纸醉金迷，清醒地意识到这一点，也就是大写意花鸟画的本质要求所在。

古人写诗，功夫在诗外。其实大写意也一样，功夫在画外，为什么要求一个中国画家，要诗、书、画、印、文全行，更重要的是这个人的品行、品格、品位。一个对权贵、金钱欲求很强的人，骨子里免不了有媚俗之气，这与大写意的写意精神就背道而驰了。吴昌硕说：画气不画形，气格决定品格。我们可以将之视为大写意的人格要求。

孔子说：人之初，性本善。而西方哲学对人性的揭示应该更科学一些，他们认为人的本能是对功、名、利、禄、色的贪欲。我觉得后者更靠得住一些，所以大写意也是一场人格的漫长修行，如果摈弃不了原欲的各种诱惑，要画出风清气正、境界高古的大写意作品也是力不从心的。在中国历史上一些大写意花鸟画家同时又是僧人，这是意味深长的。

在我看来，工笔也在写意，只不过对技法的要求或形似更偏重一些，而大写意，非常明显地带有个人、个

209

性色彩。这与天性有关，与后天的学习也有关。所以，正确地认识自己的性格，也是是否适合画大写意的一个因素。有的人生性胆小、拘谨、多疑、刻板，而大写意就是需要与之相反的这些性格元素。人适合做什么与天性有关，尤其是艺术，更是如此。

有人说，一个人的品德修养与读书多少有关，这话肯定有道理。但也可以有另外的解读方式，有的人越读书越自私，越读书越狡猾，而不是通过读书获取营养让自己的生命更加茂盛。我比较赞同"大写意花鸟是作者心灵与性格的外化"这个说法。那种有浪漫气质的人，胸襟开阔的人，壮怀激烈的人，更适合在中国大写意这片辽阔的高原上跃马驰骋。

当下美术界，很有些耐人寻味的话题。有人说石涛说了，笔墨当随时代。吴冠中说：笔墨等于零。更有人说：笔墨当随古代。在我看来，各种观点如果走向极端，都是有危险的，但用在艺术创作上也是有可能独树一帜的。

不随时代能行吗？人从猿进化到人，形象也在变。我想花鸟果蔬也在变，不能总是梅兰竹菊，总是固化的老一套程式。当时古代也对，中国历史上的复古主义，欧洲的文艺复兴，都是人类进步的表现，都有辉煌的历史地位。但偏执地强调回归古人笔墨也是有问题的。比如说八大山人，历经了王朝的更替，血管里流着皇室家族的血，他的情绪，他的思想怎么学。学他摹他能再出八大山人？也是不可能的。秉承传统，推陈出新。艺术创作越有个性也就越有共性，共性融解在个性之中，汇天下之精华，扬独家之优势。像齐白石先生说的：亮自家灯火。关于书画同源，在认知上是比较一致的，但书法衰败了，很多人都不用毛笔写字，既不用毛笔写字，又在画大写意花鸟的人大有人在。各有各的山重水复，各有各的柳暗花明。有人也许聪明也能画出面貌，问题又来了，题款总是要的吧！于是乎，找人题。我感觉这些做法都与大写意精神是风马牛不相及的。画大写意的人不但要学好书法，如果说草书是书法的高级阶段，最好从隶、楷一步一步走到草书阶段，然后和大写意比翼齐飞，这样也许飞得更高，飞得更远。

媚俗是大写意花鸟的大忌，但我们又处在一个物欲横流、金钱拜物盛行的时代，谁能置身物外，用自己不屈的人格捍卫中国文人流淌在骨子里的那份尊严，坚守着中国文人的精神高地，不侍权贵，远离铜臭，这才是当下中国大写意花鸟画家义不容辞的使命和责任。

沉舟侧畔千帆过，病树前头万木春。中国正在强大，中国正在复兴，写意梦、画家梦、中国梦。中国大写意花鸟，一定会在这纷繁似锦、良莠杂陈的年代，开出朵朵高贵圣洁的花，无愧于我们这个急速变化的时代。

大音希声　大象无形

　　借用老子的两句话来说说中国大写意花鸟画。"大音希声、大象无形"原本说的是文学审美观，也可以理解为宏远形象或大度包容，与中国花鸟画秉承的艺术旨趣有异曲同工之妙。

　　光阴荏苒，岁月匆匆。一晃两年，北京画院毕业了。王明明、王培东、袁武、梅墨生等一大批在中国画坛影响卓著的艺术家言传身教，或铿锵或睿智，或犀利或委婉，道出了中国绘画的云梯之路，混响出了中国书画艺术的精神长歌。

　　且行且悟，中国大写意花鸟的精神高地洞开了一扇门。那浩渺星空掩映的海市蜃楼，就像一座云端仙境，要用一颗虔诚心去修行，用自己的一生一世去攀爬。

　　在中国文化的丛林里，大写意花鸟是一枝奇葩。是中国绘画的最高境界！而在当下社会，她的芬芳，她的格调并非历史所定位的那样熠熠生辉，光彩夺目！恶俗模仿大行其道，沉沦为不堪入目的水墨江湖。使得中国大写意花鸟风光不再，江河日下！

我说大写意，首先是这个人，这个画大写意的人，是不是真正悟道，是不是一个走上大写意高地的人，有没有大写意的人生经历和大写的人生格调！绘画的最高境界并非把现实自然复制到宣纸上，而是通过雄浑的水墨状写一个人的生命体验，不过它的表达方式用的是纸、笔、墨而已，这和追求大音希声的境界是一致的，"无为和无不为"，一切至美的形象总是和自然之境融为一体的，从大写意的花鸟画中我们也能听到自由奔放的节奏和音乐。

大写意所传达的是个人精神文化的高贵，也可能桀骜不驯，但绝对出淤泥而不染，没有这个前提来画大写意，就是在笔墨上有点花拳绣腿之类的能力，也是画不好大写意花鸟的。

搞艺术需要天赋，更需要形而上的人生追求，那个常人难以企及的高度仅仅靠名利驱使下的勤奋是难以抵达的。就说诗文的能力吧，除了大量阅读之外，是不是自己要有独到感悟，有的时候也许比阅读本身更重要。

人的性情与生俱来，当然，后天的修为也很重要。我的感觉，大写意花鸟有的人适合画，有的人不一定适

213

合，这与天性有关！性格这个东西刘心武先生曾写过一篇《我爱每一片绿叶》的小说，说的是性格无所谓好坏，只是各有不同而已！那些壮怀激烈、性格奔放的人，也许更适合画大写意。大写意的特质讲究简，但绝不是简单苍白，而是浓缩人生精华。有人说文如其人，其实也可以说画如其人。

徐渭以简约恣肆的笔墨承载了更多的是生活苦难，他以苦难作为基石，凝成了大写意花鸟的精神长歌。画大写意你可以少看徐渭的画，但他的书法你必须了解，最好是多看看他的戏剧，看到一个综合的、立体的、生命茂盛的徐渭，由此来把握徐渭花鸟的真谛！甲骨文、石鼓文、金石这些文化的沉淀已经距我们太久远，但同时也是中国文化的根脉，如果没有几十年的浸泡何来大写意花鸟的笔墨华滋，为什么吴昌硕用金石苍古横扫画坛开一代画风，凭借的就是他对大音希声、大象无形的艺术生命透悟。

中国历史上的大写意花鸟画大师们，他们高山仰止的历史地位是千百年来历史铸就的。也就有了千百年来人们所公认的写意程式，这些程式一方面是经典，心追手摹，毕其一生也不为过。就像王羲之于书法，摹写一辈子是常态，想逾越这座高峰，几乎没有可能。最终的结论还是要有自己的面貌，自己生生不息的灵性。

　　大写意花鸟的高山峻岭，有一个高冷的灵魂八大山人，一个王朝的覆没郁结成了他苍茫冷傲的画风。而在西方，梵·高显然以生命的勃发燃起了连天的烽火，在整个西方只要有一幅梵·高的真迹，就可以建一座博物馆来提高这座城市的文化品格。虽然他和徐渭的艺术表现形式完全不同，而艺术的高度同样彪炳东西方绘画史。艺术家的人生都是生命茂盛的人，情感形态以怎样的笔墨纸砚来传达，前提是我们具备了怎样的情怀，怎样的情感！在我们这个信息万变的时代，道德的撕裂将在艺术家心中投射怎样的情感底色呢！我们在找寻艺术语言的时候实际上是在寻找自己。就大写意而言，认识自己比模仿他人更重要！

　　中华民族几千年文化的生生不息、源远流长，托起一个中国梦。一个经济强盛的中国，一定会有一个强盛的精神文化格局与之对应。在大写意花鸟这块灵魂的圣土上，一定会开出无愧于这个时代的芬芳花朵。大鹏一日同风起，扶摇直上九万里。生命就这样燃烧着，滚动着，书写着！

担当人性中最大的可能

或许有一天，当你面对一棵树的时候，你会感到莫名焦虑或惶恐。一个人的灵魂是多么脆弱呀！一个稍纵即逝的意外生命就会消失，人活不过一棵树。

每一个生命个体，总是需要很多的东西跟你一道前行！这个世界的阴晴圆缺，这个世界的悲欢离合。于是，形形色色的艺术形式就成了生命个体某种情愫的表达方式！当然，有的人这样做了，有的人并没有这样做。

中国几千年的文化史，不是要把某种东西从理论上给你解构清晰，只是提供了某种可能，让你去悟。所以王阳明说：心即理，知行合一，致良知。树就在那里，一动不动，你也活不过一棵树！当我震惊地意识到这一点之后，就会强力回归我的内心，然后去做点什么！

当你打开人性的黑穴，尝试用文字去固化那些一闪即逝的感受时，你就会写出一闪即逝的灵性悟语，甚至长篇小说。当你面对这个世界，试着用毛笔去表达时，意韵、色彩以及山河大地同样都会向你涌来。

近三年的时间了，我一直在画花鸟，画着画着，我在朝大写意重彩方向走，尤其是吴昌硕和赵之谦，就像两位挥之不去的神灵，让我顶礼膜拜，走着走着当然也会出现迷茫和昏眩，它真的是我情愫和胸界的外化吗？在雅俗和高低之间我与我心在交流，别人也在评品鉴赏，直到有一天，我的老师王培东先生在课堂上解析我的画，说出了大写意的真谛，冥冥之中我感觉到了我的性格和审美趋向与大写意的客观要求同步，他在暗示我怎么样的人生才能走到灵魂的高处，也就是中国画绘画的最高境界。

自然总是要给生命某种暗示，两年前我无意当中与黄山相遇。那时候我正画着花鸟，当我置身黄山云海的那一刻，我仿佛听到了洪荒远古传来的梵音，山河大地是我生命中绕不过去的命题，胸中丘壑终将有一天会外泻出来，那画山水就是很自然的事了。

我感觉任何一种文学艺术表达，都在通往思想、情感、信仰、哲学这些最基本的人生命题，生命中那些激扬的浪花或旋涡，都在接受天地拷问！我觉得人这一辈子，永远都不可能把某种理性的东西想得特别清楚。在你用一颗虔心坚定地守望时，有可能被更多的东西推翻！所以，在我看来，只有人性中那些与生俱来的天性，那种真性情才是靠得住的。浪漫也好，现实也罢，只有贴着生命的原真本貌，把生活的真相告诉文学艺术的受众，在你的唯一中折射我们这个时代的斗转星移。唯有如此，才能彰显文学艺术的生命力。

当我们拿起毛笔，不论是临摹或者写生，不论是花鸟或者山水，他们之间的某种设置界定也就无所谓了！就像大家都知道的，中国画像不像都不是最重要的，重要的是你的品性，你的审美能否担当人性中最大的可能。

书法：一生一世的精神漫游

最近，我在随性阅读的时候看到了这样一句话：中国书法是中国的第四宗教。这个说法有点意思，不知前三宗说的是不是儒、释、道。无论这个说法的社会认同度如何，能把书法供奉到信仰的层面，我觉得挺新奇，也有一定道理。

在谈到一个人的文化水准时人们总是自觉不自觉地把这个人的思想、信仰、哲学等方面的修为融合在一起来考量！如此看来，书法绝不仅仅是个技法问题，它的核心是支撑书法背后的精神高度！书法的过程就是一个向着精神高地不断攀缘的过程！精神的高度、文化的高度决定了书法的高度！

在研习书法、摹写书法、摆弄书法、享受书法的过程中，使之成为一种生活习惯，成为你生活中不可或缺的一个组成部分！这种情形也许是精神救赎，也是书法救赎！换个角度讲，应该淡化书法的功利性！书法不是用来表演的，也不是用来赚钱的！看看当下滚滚红尘中的书法乱象，只能让人默然无语！记得八十年代初期，我也就二十出头，到西安去看了碑林。这个博大精深的书法大观园一下把我惊呆了！其实我根本不敢想象日后会进入这个世界！而对书法的敬畏之心由此深深植入我的灵魂深处！

生命中总有一些日子梦幻破碎！生活被某种意外的力量击溃！在那些难以言说的困厄中，是书法承载温慰我痛苦的灵魂，稀释我万箭穿心的悲伤，向一片人迹罕至的精神高地攀爬！我的小说创作，大约也是从那时候开始的。

以帖为伍，面对古人，跨越时空，一年又一年，也就成了一场接一场的精神漫游！越往后才越能领悟到学习书法的途径就是临帖，只不过每个人生阶段你的感悟是不一样而已。一开始肯定在写像这个层面上举一反三，这个过程是一个审美累积，也是力量累积！再往后，性情、精神这个层面的东西就会慢慢感应到！由此而滋生出来的生命茂盛状态，成全塑造着一个不一样的自己！这样的人生有福了！

说到中国文人，总是把诗、书、画、印、文捆在一起说！反过来讲，就是某个单项再强，也不一定被普遍认同！那些覆盖中华民族文化史的大书家，个个都是大文豪，王羲之是这样，颜真卿、苏东坡同样是这样！

一方面，他们的思想情感文采都是各领风骚数千年的人物！同时，他们的书法开风气之先河，千百年来，高山仰止，万众膜拜！书法书写胸中丘壑的这一特征，直接影响了中国绘画。

近现代以来，从画理的层面上，把大写意定位为中国绘画的最高阶段，也许就是因为书法连接着人的思想、性情这一特征而顺延下来的！

所以，徐渭、八大山人、吴昌硕、齐白石这些人，不仅是大写意花鸟的扛鼎人物，同时也是大书法家！写意画，不只是对客观世界的描摹，更是作者内心思想情感的外化！所以白石老人说似与不似之间。这一点也是东西方绘画最本质的区别所在！

当下中国，工笔画大行其道，据我所知一大批画工笔画家，不会书法，也不练书法，而是钻研各种拷贝等高科技手法不断地运用于工笔绘画中。从根本上丧失了中国画写意的原真本貌，使绘画越来越丧失了它的书写性！艺术一旦脱离了人的灵魂，变成了一场高科技手段的制作，艺术的命运也就可想而知了！

一个人的精神，主要是在孤独的沉思中成长起来的！说练书法的过程就是一场修行，这个观点我是赞同的。

练书法的这个过程，你也在塑造你自己，塑造你的品性、塑造你的人格！有人认同你的书法，实际上包涵了对你人格的一种认同！

我相信，一个人的精神漫旅，必定会有书法相伴！生命在，性情就在，书法的过程，也是一个性情外泄的过程！天人合一，天书合一，同样是常人无法企及的人生境界！

《百年孤独》中有句话：生命所有的灿烂，终要寂寞偿还！这句话听起来有些悲凉，但反过来一想：生命的最高境界不就是静穆嘛！如果孤独寂寞是一种痛苦的生命体验，那么有了书法你就会把孤独寂寞当作一种享受！茫茫人海，有人在忍受孤独，有人在享受孤独。一生一世有书法陪伴，简直就是上苍的天赐了！

只要你相信人生有层次，生命有高度，那么书法就可以陪伴你走！你用你的生命写书法，你的书法就是你！

跋：

惊鸿西域　逐梦楼兰

张国领

欣闻烈夫先生几幅画作在广东保利拍卖会上以不菲的价格落槌，一时间朋友圈炸开了锅，祝贺的、求画的、赏评的，更多的是惊讶！朋友们都知道他是作家，也知道他练书法多年，今日惊鸿一瞥，他的画竟然卖了十几万，真是士别三日当刮目相看呀！作为挚友，既为烈夫老兄高兴，又为他今天的成就道一声：实至名归。

认识烈夫应该是三十年前了，那时我们都在新疆南疆工作，他是地市级电视台的名记、台长，我在一县级单位从事文化工作。烈夫先生祖籍湖南，生在新疆，既有湖南人的侠肝义胆，又有大西北汉子的豪放热情。他自幼喜好文艺，热衷文学，中学时已成为当地小有名气的文学青年，常有诗歌、散文、小说发表于区内外报刊。从事新闻工作后更是佳作不断，各类新闻、专题纪录片

223

不断在中央电视台、新疆电视台播出。初识烈夫，他酒桌上的豪情和事业上的豪迈，终究成为朋友们津津乐道的记忆。

后来他几经辗转，求学中国传媒大学，定居北京，师从北京画院名师练字习画。也许是我们志趣相投，一路走来始终情相投、意相近。老兄时不时有大作相送，小说《红痣》《风浪》，各类美术评论、散文，是他几十年人生阅历和内心世界的外化，支撑这一切的是几十年来凝聚于心底的哲学思辨，读后受益无限。

就个人的工作而言，文化的市场化也是我要考量的问题。而保利拍卖在中国书画市场应当是最具权威且口碑不错的大品牌。烈夫先生能在这个平台上异军突起，说明一个真正有内涵的文化人，他的劳动成果是可以通过市场转化为价值的，说明买家、藏家对有文化内涵的人或作品是认同的、尊重的！有人认为中国当代艺术品市场正在重新洗牌、正在回归理性，营造一个风清气正的艺术品市场。显而易见，我们看到了这种端倪！

真正发现烈夫的书画天分是十年前，当时我在南疆库车工作，为庆祝改革开放三十周年，县里希望在北京举办一场活动，展示改革开放以来库车这个边疆小城发生的巨大变化。此时我想到了定居北京的烈夫先生，老兄神通广大，小试身手，半个月内就从策划方案、邀请画家到后期展馆协调，拿出了一个详细的方案，并带领刘秉江、赵培智、张雷震等二十多位画家飞临库车写生采风，此行也让我们有了更多面对面交流的机会。

克孜尔石窟、克孜尔尕哈峰隧、库车老城、天山峡谷、乡村民居无不勾起烈夫对故乡的眷恋，走在库车的老街小巷里，他时常感慨那种世代生活留下的从容安详，那种平凡琐碎中的人情温暖，走进千年石窟更是被灿烂辉煌的龟兹壁画所吸引，同画家交流龟兹壁画、汉风佛韵，忆年少轻狂，笑谈自己曾有做一个画僧皈依佛门的趣事。当年十一月，"魅力龟兹 精彩库车"纪念改革开放三十周年画展在北京中国美术馆成功举办，开启了全国县级政府第一个在国家级美术机构办画展的先河，引起了广泛关注。

烈夫先生独闯京城文化圈，一头扎进了书画创作的高宅大院，师从北京画院大写意花鸟画家王培东先生。再后来他的小说、书法、画作不断在网上引起热评！在交谈中，烈夫兄时常感慨地告诉我："每个人心中都有一个山水世界。蹚过的河，攀过的山，在心里也在梦里。如果把它理解为客观世界投身在你心灵底版上的姻缘，也未尝不可。"

一个人的山水情怀，大都萌动于婴儿时期，他本人也不例外。记得小时候在大西北一个群山环抱的小村，意外地见到了三卷本《芥子园画谱》，其中一本就是山水画的画法，这个缘分可能就是中国山水画对他的最早启蒙。岁月蹉跎，时光流逝！一晃几十年过去了，他对艺术的追求也在日积月累，厚积薄发。二〇一四年在北京画院跟随王培东先生学了两年写意花鸟，几乎把徐渭、吴昌硕、齐白石等大家作品临了个遍。

这段时光，烈夫先生在书画艺术道路上由业余爱好到专业画家有了质的飞跃，也开启了他人生华彩的新篇章。谈起在北京画院的学习感悟，烈夫常说：任何绘画形成都是写意的，就算你临摹一个石膏像，也有作者的性情融合在里面；大写意之大是相对而小而言，这个大不是笔墨大，而是心胸大、格局大，也就是说画大写意的人，首先要有大写的人生。没有浪漫的气质、博大的襟怀、人生的沉淀是画不出大写意的。

在京城饱受中华文化浸染，烈夫先生在书画圈已小有名气，画作也时常出现在各类画展，一露真容。可见他内心深处的山水梦和西部情结始终没有泯灭。

去年初，烈夫先生告别京城安乐窝，一头扎进了塔克拉玛干沙漠边缘的河川与绿洲之间，追寻他的西域情、楼兰梦。一千六百多年前的楼兰古国已经消失在浩瀚大漠，只留下了楼兰古城遗址和楼兰美女的美名。流动在烈夫先生血脉里的新疆情缘，已融进了他的大写意国画，他爱上了塔里木河流域的山山水水，迷上了西域文明、楼兰文化,试图从理论体系和创作风格上形成独特语境，推出一系列西域情、楼兰风的绘画作品。西域文化高地楼兰，这颗丝绸古道上的明珠，在新千年的征途上又将迎来它光彩夺目的春天。

　　大楼兰，大写意，新千年，新西域。我们期待烈夫先生的大写意佳作迭出，绽放丝路，梦圆楼兰。

　　　　　　　　（作者系新疆维吾尔自治区党委宣传部文改办主任）